JN106182

生きてみなければわからない

比佐田 和与志
HISADA Kazuyoshi

文芸社

はじめに

この本を手に取っていただきありがとうございます。あなたが、どういうきっかけでこの本を手に取ったのかは定かではありませんが、今こうやって実際に活字を読んでいただいているということは、この本の何かに興味を抱かれたからだと思います。どんな動機からにせよ、あなたがこの本に関心を持っていただいたことに対して深く感謝いたします。

この本は私の自伝的なエッセーです。

そういう「私」は何者かというと、何者でもありません。プロの作家でもなければ、物書きを生業にしている人間でもありません。ただの市井の人間です。

ですから、読者の役に立つとか、感銘を与えるとか、あるいは自分の名誉になるとか、そんな目的で書かれた本ではありません。そんな力量は私にはありません。

私は、自分が置かれた世界で、自分自身を見つめる中で、「生きる」ということについて思索を深めてきました。そして、生きていく中で考えたことを、折々書き綴ってきました。

私は現在六十四歳です。還暦という大きな節目を過ぎ、自己の人生を振り返る時期にさしかかった今、改めて自分の過去と己の運命を真摯に甘受し、そこから導き出された視座に立って、これから先の人生をよりよく生きていきたいと願い、そんな思いを一冊の本にまとめてみました。

書く上で心がけたことがひとつあります。それはあくまでも自己に誠実に書くということです。幼い頃や若い頃に考えたこと、思ったことは、そのまま正直に書きました。従って、ある程度人生経験を積み、成熟した人間が読むと、なんて未熟で甘えた考えなんだろうと感じるところが多々あるかと思います。私自身が書いていてそう感じるのです。しかし、当時は当時でそう考えることしかできなかったのだから仕方ありません。

読む上で留意してほしいことがあります。それは、この本は自伝的エッセーの形をとっていますが、決して時系列に構成されているわけではないということです。時間や空間がところどころ交錯して書かれているので、混乱することもあるかと思いますが、それでも無理なく読み進められるように配慮したつもりです。

この本を手に取っていただいた方との不思議なご縁を感じています。できましたら、最後まで読んでいただき、ひとつでもふたつでも、何か心に触れるものがあったのなら、著者としてこれ以上の歓びはありません。

「自分を物語のように話せば、それもそんなに悪いことではなくなる」
ジャネット・ウィンターソン『灯台守の話』

目次

人はなんで生きるか

確か小学校五年生の時だったと思う。学校で担任の先生がある本の朗読をしてくれた。朝の会の時間に数回に分けて読んでくれていたのだ。その本はトルストイの『人はなんで生きるか』という題名の本だった。トルストイといえば『戦争と平和』や『アンナ・カレーニナ』といった重厚な作品で知られている文豪だが、この本は子どもでも読める民話形式の短編集である。どんな話だったか、その内容は覚えていないが、私は物語の内容よりも「人はなんで生きるか」というタイトルの言葉に心が惹かれたのだった。

私は小学校二年の三学期に、転居が理由で学校を転校した。家の経済的な理由による転居だったのだが、私にとってその環境の変化はとても大きな心理的負担となった。転校先の学校になじめなかったのである。学校生活をあまり快く感じなかった私だったが、その居心地の悪さや不快感が周りの人間にも伝わったのだろう。周りの人間の私のことを避ける雰囲気が伝わってきて、学校で過ごすことに息苦しさを感じるようになっていった。親しい友達もできず、学校ではひとりでいることが多かった。

その学校の昇降口には宮沢賢治の「雨ニモマケズ」の詩が掲げられていた。児童の卒業制作の作品で、木彫りのものだった。私は朝登校して靴を履き替えた後、その木彫りの「雨ニモマケズ」の前に立って、意味もよくわからないままに自分に読み聞かせるように読んでいた。

雨ニモマケズ
風ニモマケズ
雪ニモ夏ノ暑サニモマケヌ
丈夫ナカラダヲモチ
慾ハナク
決シテ瞋ラズ
イツモシヅカニワラッテヰル

詩の最後の、

ミンナニデクノボートヨバレ
ホメラレモセズ
クニモサレズ

サウイフモノニ
ワタシハナリタイ

の部分が妙に自分の気持ちに合っているような気がして好きだった。

その頃の私は友達と楽しく遊んだ記憶があまりない。実際は遊んではいたのだろうが、楽しい思いをしていなかったから覚えていないだけなのかもしれない。とにかく学校に行くのが苦痛だった。だから欠席も多かった。とってつけたような理由でよく学校を休んだ。だから担任の教師も不審に思っていたのだろう、あまり快く思われていなかったような気がする。

学校に自分の居場所がなかった。そして自分の家も決して居心地のいい場所ではなかった。そのように感じていたのにはある理由があったのだが、その時の自分はそのことを認識しておらず、ただ漠然と居心地の悪さを感じていた。その頃から私は「なんで生きているんだろう」というようなことを漠然と考えるようになっていた。「何のために生きているのか」という具体的な疑問を持っていたわけではない。たかだか小学校三、四年の子どもがそんな問いを発せられるわけがない。ただ子どもなりに悶々とした気持ちで毎日を過ごしていた。

小学校五年生になる時に、家の近くに新しい学校が新設されて、私はそちらの学校に移ることになった。学校が新設校であること、周りの人間がかなり入れ替わったこと、そしてそこでクラスの担任になったのが新任の若い男性教師で、けっこう型破りの教師だったこともあって、以前ほどは学校が苦痛ではなくなった。でも心の中には依然としてもやもやした気分が燻っていた。

そんなある日、担任の先生が『人はなんで生きるか』という本を読んでくれたのである。その時まで私の中で悶々としていた気分というのが、「人はなんで生きるのか」という具体的な形の問いとなって自分に示されたような気がした。この問いは、中学生になって十四歳の時に経験した出来事によってさらに明確に自分自身につきつけられることになる。「人はなんで生きるのか」という問いは、結果的にはその後の私の一生を貫く永遠のテーマとなった。十一歳の時に自らに問うた問いを、六十歳を過ぎた今でも問い続けている。

人生のあらゆることを深く掘り下げていくと、最終的には「人はなんで生きるのか」という問いに辿りつくのではないだろうか。

「なんで生まれてきたのか」「何のために学校に行くのか」「何のために仕事をするのか」「なんで結婚するのか」「何のために子どもを生み育てるのか」「何のために家族を持つのか」「老

いるとはどういうことか」「なんで病気になるのか」そして「なんで人は死ぬのか」「死とは何か」……

これらの問いを突き詰めていくと、「人はなんで生きるのか」という問いに行きつく。

私自身、生まれてきて、学校にも行き、仕事にも就き、結婚もし、子どもも授かり、彼らを育て、家族も養ってきた。病気も大きな病気から小さな病気までたくさんしてきた。親の介護も経験した。そしてこれからは自分自身が老いと向き合っていくことになる。今思うことは、「それらはいったい何だったのだろう？」「何の意味があったのだろう？」ということだ。そして、最後には死を迎える。死の間際に自分の人生を振り返った時、どんなことを思うのだろうか。「自分はなんで生きてきたのだろう」という問いに対して自分はどう答えることができるのだろう。そんなことを思うのである。

三年前から妻がうつ病を患い、本人はもちろん、一緒に過ごす家族もそれまでの生活とはまったく変わった生活を余儀なくされている。快復の見込みもなく、これからどうなっていくのかということを考えると憂鬱な気分になる。六十歳を過ぎても人生の課題が次々とやってくる。そんな中で、十一歳の時に自分に問うた「人はなんで生きるのか」という問いがさらに形を変えて自分につきつけられてくる。

ここ数年は感染症の流行やウクライナでの戦争などもあり、私たち人間は、生きる上でのいろいろな問題をつきつけられている。人と人との関係のあり方、経済のあり方、生命を扱う医療のあり方、いのちのあり方、そして何よりも死生観といったものがいろいろな出来事を通して問われるようになった気がする。

父と母のこと、養父母のこと

「人はなんで生きるのか？」「生きる意味は何か？」

こんなことは普通あまり考えない。そんなことは考えないで生きている人がほとんどだろう。考える必要もないし、考えたところでどうなるものでもない。

しかし、人生の中で普通でない状況に立たされた時、ふだんなら考えないようなことを考えるようになるものだ。少なくとも私はそうだった。

「なんで生きているのだろう？」「生きる意味って何なのだろう？」……

そんなことを十四歳の時に考え始めたのには自分の出自に原因がある。

私の両親は私が生まれて間もなく離婚した。父も母も私を引き取らず、私は父方の親、つまり祖父母の家に養子に出された。祖母にあたる女性は後妻として嫁いだ人なので、私の父とは血のつながりがない。従って私とも血のつながりはない。両親の離婚の理由も知らないし、なぜ二人とも私を引き取らなかったのかも知らされていない。父と母とは離婚以来お互いに二度と会うことはなかったようだ。そして私も、私を生んだ母とは二度と会うことはなかった。だから私は母のことを何も知らない。知ったことといえば、後でわかったことではあるが、彼女は水商売の仕事をしていたということ、離婚した後は、別の男性と再婚し何人かの子どもをもうけたということぐらいだ。父も、私を養子に出すとすぐ再婚し子どもを二人もうけた。父親は身近にいたので、その後も何回も会う機会はあった。ただ、彼が私の実の父親だということは知らないでいた。今思えば不自然であるが、私は実の父親のことをずいぶん年の離れた兄だと認識していたことになる。不思議だとは感じていたが、そう思い込むしかなかった。

私は養子に出された私の祖父とその後妻の祖母を父母だと思って育っていった。あまりに年が離れていることに疑念を抱くことはあったが、事情を知っている周りの親族が私の境遇に気を遣ってか、私に気づかれないように配慮していたこともあり、私はあまり深く考えずに祖父母のことを「お父さん」「お母さん」と呼んで過ごしていた。

私が十四歳になった時、養父母である両親から、戸籍謄本の写しを見せられ、私の出自について知らされた。その時の情景はよく覚えているが、私は一言「そうだったんだ……」と言っただけで、それ以上何を話したか、またどう反応したかは覚えていない。淡々と事実を受け入れて、その後は何もなかったかのように普通の日常に戻っていった。ただ、内心は穏やかではなかったのは事実だ。うすうす感じていた疑いが晴れた気分になったと同時に、今度は「なぜ?」という新たな疑問が湧き上がってきた。

十四歳といえば思春期の真っ只中で多感な時期である。ある程度は大人の感覚も身に付き始める頃だが、私は自分で自分のことを整理して考えることができなかった。いろいろな疑問や疑惑が心の中に湧き起こっていた。

「なぜ、彼ら(私を生んだ親)は、私を引き取って育てなかったのか」「母親はどんな人なのか。どこで何をしているのか」「養父母は私をどんな気持ちで育ててきたのか」「なぜ今まで隠していたのか」……

次から次へといろいろな疑問が湧いてきた。

それ以来、私は今まで「お母さん」「お父さん」と普通に呼んでいた人のことを同じように呼ぶことができなくなってしまった。それは彼らが死ぬまで続いた。

私があずけられた家(養父母の家)はちょっと普通ではなかった。養父はもともと靴職人として働いていたが、後に独立して自宅の敷地の中に店舗を構えて靴屋を営んでいた。自宅の敷地には二階建ての工場もあって、畳数枚分の材料の革が巻物のように巻かれた状態で何束も積み上げられていて、革のにおいがあたり一面に漂っていた。今でも革のにおいを嗅ぐと、かつてその工場でよく遊んでいた情景が思い出される。工場には作業用の工具や機械がたくさんあって、それらを借りては工作などを楽しんでいた記憶も残っている。

けっこう羽振りのいい生活を送っていたようだ。だが、養父の息子（つまり、別に暮らしていた私の実父）が、ギャンブルに金を浪費して、親の財産にも手を付けるようになってしまい、家計もどんどん傾いていった。実際のところ、それ以前私が養父母の家にあずけられた時には、都内の一等地でアパート経営もしていたようだが、そこも売り渡さざるを得ない状況になって転居したといういきさつもあった。

そんな中、養父が体を壊して働けなくなり、工場も閉めざるを得なくなった。そして、さらには土地も売らざるを得なくなって、家と工場を売却して、別の土地に転居することになった。私が小学校二年の三学期のことだ。

養父が働けなくなったことで、養母が女手ひとつで家計を支えなければならなくなった。彼女はそれ以前にも生命保険の外交（営業）などをしていたので、働くことには慣れていたが、新しい土地で仕事を見つけるのは大変だったようだ。ラーメン屋や駅のキオスクなど、いくつかの職場を転々としていたが、最後に一番長くしていたのは家政婦の仕事だった。家政婦といっても、裕福な家のお手伝いではなく、主に病人のいる家庭で介護の仕事をしたり、病院で介護の必要な患者の介護を家族の代わりにしたりしていた。当時はそんな仕事があったのだ。従って、仕事が不定期かつ不規則で夜勤も多く（夜勤の方が手当てがついて収入が上がるので夜勤を多く入れていたようだ）、夜間に家にいないことが多かった。

一方養父は、働けなくなったことで一日中家にいた。酒が好きで、昼間からアルコールのにおいを漂わせていた。当時はアルコール依存症などという言葉はなかったが、たぶんそれに近い状態だったのだろう。考えてみれば無理もない。体を壊して働けなくなり、可愛がっていた息子（私の実父）には財産を食いつぶされたのだから、酒に逃げるしかなかったのだろう。

酒癖が悪かった。養母が仕事から帰って疲れた体で食事を作っても、食事の内容が気に入らないと、酒の勢いもあり「こんなもん食えるか！」と怒鳴っては皿をひっくり返すようなことが何回もあった。そんな光景を目にするたびに、私は「このクソじじい！」と心の中で叫んでは、トイレの中でよく泣いていた記憶がある。養母が夜勤で家にいない夜、養父と同じ部屋で寝ている時に、大きなイビキをかいて寝ている姿を見るたびに腹立たしい気分になることがよくあった。

ちょうどそんな頃だ。養父母から自分の出自について知らされたのは。

そして、「人はなんで生きるのか」「自分は何のために生きているのか」「なんで生まれてきたのか」というようなことをさらに深く考えるきっかけになった出来事があった。

なんで生まれてきたんだろう

「なんで自分は生きているんだろう」「生きている意味があるのか」「そもそも自分はなんで生まれてきたんだろう」「もしかしたら自分は間違って生まれてきたのではないか」

そんなことを十四歳の頃から考えるようになっていた。その性癖は高校生、大学生になっても続いていった。もちろんそんなことばかり考えていたわけではない。普通に学校生活やキャンパスライフは楽しんでいた。しかし、どんな時でも思い切り楽しむということができず、いつもどこかにうつうつたるものを持っていた。

十四歳の時に自分の出自について知らされた時には、はっきり言ってショックでも何でもなかった。どちらかというと「やはりそうだったんだ」と事実を受け止める気持ちの方が強かった。しかし、それがはっきりわかった以上、「じゃあ、自分はなんで生まれてきたのだろう」という気持ちが沸々と湧き上がっていった。子どもを生んでおきながら、育てることを拒否して、すぐさま人にあずけてしまうなんて、自分は望まれて生まれた人間ではないのではないか。自分は間違って生まれてきたのではないだろうか。そんな思いが頭の中を占めるようになっていった。

家にいても心が安らぐことはなく、学校もおもしろくなかった。中学校での思い出は何ひとつ残っていない。学業にも身が入らず、いろいろな行事もあったのだろうが、いずれもめんどうくさいと思っていたことだけは覚えている。友達に誘われて入部したクラブ活動も途中でやめてしまった。放課後は、市内のゲームセンター（といっても、今のような大きな施設ではなく、ボーリング場の一角に併設されていたゲームコーナー）に入り浸っては「ピンボール」に夢中になっていた。そのピンボールに興じる感覚だけは今でも覚えているのだから、なんとも情けない中学時代だった。

夜は、養母が夜勤で家にいないことが多く、家では養父の酒癖が悪いのが嫌で、近所に住む一つ年上の、ちょっと不良っぽい先輩と一緒に夜間徘徊することが多かった。

そんなある日、私は街の小さな本屋で万引きをして捕まるという不始末をしでかしてしまった。お金がなかったわけではない。買おうと思えば十分に買える値段だ。さらに言うなら、どうしても欲しかったわけでもなかった。今思うと不思議だ。なんであんなことをしてしまったのか。しかも、小さな本屋なので店員がすぐ見えるところにいたのに。

店員に呼び止められた時も、不思議なことにあまり動揺しなかったのを覚えている。警察に通報するのはいいけど、学校には連絡しないでほしいと懇願したのも覚えている。なんでそんなことを頼んだのかというと、学校の教師を巻き込むことがめんどうくさいと思ったからだ。しかも私の養父母は私の出自について、本人である私に知らせる以前に中学の担任の教師に相談していたらしいのである。子どもの育て方について不安を抱えていたとはいえ、本人の私が知らないところで、担任とはいえ赤の他人に知らせていたことに、言いようのない憤りを感じていた私は、私の不始末が学校に知られると、それが家庭環境と関連付けて考えられるのではないかと思い、そのようなことで特別視されるのが嫌だったのである。

その時はそれで放免され、翌日店主から家庭に連絡が入った。養母が電話口でしきりに謝罪の言葉を述べていた。その後すぐに養母は菓子折りを持って私と一緒に店に行き、改めて息子（私）の不始末を謝罪した。実の子どもでもない私のために、何回も深々と頭を下げ謝っている養母の姿を、うつむいた状態で見ていた私の心の中に、なんともいえない苛立ちの気持ちが沸々と湧き上がってきた。その苛立ちは、もちろん養母に対してでも、店主に対してでもない。自分自身に対する苛立ち、怒り、煩悶である。実の子でもない子どもを汗水流して育てたあげく、その子どもがしでかした不始末のために、他人に頭を下げて謝らなければならないという、その気持ちはいかなるものであったことだろう。「俺はいったい何をしているのだろう」という気持ちになった。そして、ますます「なんのために生きているのか」「なんでこんな自分が生きているのか」という思いを深めていった。もしもあの頃、太宰治でも読んでいたら、「生まれて、すみません。」（太宰治著『二十世紀旗手』の副題）という太宰の言葉に傾倒して、文学的な思索を深めていたことだろうが、当時、私は本など読んだことがなかったので、ただただ、自分の気持ちを整理できずに悶々とした日々を送っていた。そして、徐々に生きることに対して無気力、無感動、無関心になっていった。

手首を切ったことも何度もある。今でいうリストカットのようなものだが、当時は本当に「自分なんか死んだ方がいい」と思っていたのは事実だ（そんな希死念慮の気持ちは、大学の頃に再燃したのだが、その時は「文学」や「哲学」に傾倒し、それが救いになっていた）。

その頃、ビートルズの歌を聞いては気晴らしにしていたのだが、ある日、ジョン・レノンの「マザー」という曲を聞いて鳥肌が立った。ビートルズを聞くようになってから、ポール・マッカートニーのファンになり、ファンクラブにも入会するほどだったのだが、ジョン・レノンのことはあまり知らなかった。そんな時、たまたまジョン・レノンの「マザー」を聞き、歌詞をじっくり読んで（中学二年の英語力で十分わかる英語だ）戦慄した。

あとでわかったことだが、ジョン・レノンの父は、彼が生まれるとすぐに蒸発。母は他の男と暮らし始め、ジョンは母の姉夫婦にあずけられた。その後紆余曲折あったようだが、「マザー」という曲は、ジョンが受けた心の傷がモチーフになっていることは間違いない。天下のジョン・レノンと自分を重ねるのは甚だおこがましいが、同じような境遇だったことに親近感を覚え、それ以来私はジョン・レノンを聞きまくった。

直接的には、先ほどの苦い出来事がきっかけになって、私は「人はなんで生きるのか」「生きる意味とは何か」「なんのために生まれてきたのか」といったようなことをさらに深く考えるようになっていった。

そして、これは大人になってから振り返って思ったことであるが、もしもあの「万引き事件」がなかったら、私はその後もまた別の形で問題を起こしていたのではないだろうか。

これも後で親族から聞かされた話であるが、彼らは私が自らの境遇のことでグレるのではないかと心配していたらしいのである。万引き事件を起こし、それが自らの生き方を問うきっかけになったのだとしたら、いささか大げさな言い方ではあるが、あの「事件」は私の人生を変えるために必要な出来事だったのかもしれない。

家族の絆

「あなたにとって大切なものは何ですか？」

こんな質問に対して「家族」と答える人は多いのではないだろうか。子どもに同じような題で作文を書かせると、多くの子どもが家族のことについて書く。実際、我が子も小学生の頃に、「僕の大切なものは家族です」などという作文を書いていたのを思い出す。

今、私自身が同じ質問を投げかけられたら、当然「家族が一番大切」と答えるだろう。しかし、子どもの頃の自分は決してそんなことは思っていなかった。私の出自は複雑で世間でいう普通の家族ではなかったので、私は子どもの頃から家族というものに対してある種のコンプレックスを抱いていた。

両親は私を捨てた（捨てたわけではないのだろうが、子ども心に私はそう思っていた）わけだし、私があずけられた家庭も決して居心地のいい場所ではなかった。女手ひとつで家計を支えていた養母には感謝していたし、大切な存在ではあったが、そこには親子の「情」のようなものはなかったし、いわゆる親と子の「絆」もなかった。私は、私を生んだ親を恨んでいたし、私を育てた親に対しても心を開くことはできなかった。

家族一緒に仲睦まじく過ごしたという思い出がない。ただ一度だけ、中学生の頃だろうか、家族三人で山梨方面に旅行に行った記憶がある。しかし、その時の思い出といったら、食事の時に養母が、養父の酒をこぼしてしまい、養父が激怒して養母を怒鳴りつけて泣かせたことぐらいだ。とにかく子どものいる前でしょっちゅう喧嘩（といっても養父が一方的に養母に怒鳴りつけるだけだが）していた。

そんな感じだったので、私にとって家庭は居心地が悪く、心が休まる場所ではなかった。

家族についてコンプレックスというか、非常に否定的な感覚を持って育ってきたので、将来大人になった時に、自分は果たしてちゃんとした家族を持てるのだろうかという不安を抱いていた。というより家族そのものを持たない人生を歩むだろうと思っていた。つまり結婚はしないだろうと感じていた。私の両親は私を生んですぐに離婚した。さらにこれは後から聞いた話だが、私の実母も離婚後に再婚はしたものの、その家庭も決して安泰ではなかったらしい。だから私の血の中には円満な家庭を築けない遺伝子があるのではないかと思っていたのだ。この気持ちは成人してからも引きずっていて、いざ女性と交際をしても、結婚するのが怖くなって直前になってあきらめてしまうことが何回かあった。

トルストイの名作『アンナ・カレーニナ』は有名な書き出しで始まる。

幸福な家庭はどれも似たものだが、不幸な家庭はいずれもそれぞれに不幸なものである。

確かにその通りだと思う。私が育った家庭はどちらかと言えば「後者」に属すると思うのだが、だからこそ、私はもし家族を持つのなら幸福な家庭を築かなければならないという気持ちを強く抱くようになった。別に幸福になりたいと思っているわけではないが、少なくとも子どもには、私がかつて感じたような不幸な思いをさせてはいけないと思っていた。

子どもの健全な成長のためには、家族がいかに大切かということは誰もが認めることだろうが、正直言って、私は中学時代から健全には成長することができなかった。どこかひねくれた、屈折した人間になってしまった気がする。でも、それを家族や親のせいにする気はまったくない。「反面教師」と言ってしまえば簡単だが、彼らのおかげで、私は「なんで生まれてきたのか」「人はなんで生きるのか」「生きる意味とは何か」といったことを考える人間になることができ、そのおかげで自分の価値観や人生観や家族観や死生観を培うことができたと思っている。「人間万事塞翁が馬」である。

結婚しないと思い込んでいた自分が結婚し、人並みの結婚生活を営めるようになったことは、私にとって大きな喜びだった。さらに、二人の子どもを授かったことは、私にとって僥倖以外のなにものでもない。なにせ、かつての自分がそうであったように、子どもをもうけることはひとつの罪悪だと感じていたのだから……。父親であることの責任と歓びを感じ、この子たちにちゃんとした愛情を注ぎ、そしてしっかりと育てなければいけないと強く思った。そこには、私の実の親に対する「反逆」の思いもあった。というのも、自分の可愛い子ども（赤ちゃん）の姿を目にするたびに、「こんなに可愛い子どもを、親が見捨てるなんてことが、どうしてできるのだろう！」という思いが沸々と湧き起こってくるのであった。しかし、同時に、こんなに可愛い子どもを授かることができたのも、自分を生んだ親がいたからこそだと、彼らに対する感謝の気持ちを改めて感じるのであった。そして、どんな理由であったかはともかく、自らが生んだ子どもを手放して、人に預けざるを得なかった親の心情を察するようになっていた。さぞかし断腸の思いだったのではないだろうか。

どんな親であっても、親は親だ。それはかけがえのない存在なのである。たとえ憎み、怨みたくなるような親であったとしても、「感謝」だけはできるはずである。

家族の間で起こる物騒な事件が後を絶たない。幼い子のいのちが、親の虐待によって失われる。親が子を虐待する。あるいは、子が親や祖父母を殺傷する。さらには、夫が妻を、妻が夫をといった、いわゆるＤＶ（Domestic Violence／家庭内暴力）の事例は年々増加の傾向にあるような気がする。そのような家族の間での殺傷事件の報道を聞くと「なんで？」「なぜ家族なのに、そんなことが起こるのか？」と思ってしまう。しかし、よく考えてみると「家族だからこそ起こり得る」とも言えるのではないだろうか。

「絆《きずな》」という言葉がある。人と人との絆があるからこそ、私たちは生きる勇気を持つことができる。いろいろな場面で「絆」というものが必要とされている。「親子の絆」「夫婦の絆」「家族の絆」「友との絆」などなど。もちろん、そのような「絆」は大切なものであり、私たちは人との絆を感じることで強く生きていくことができる。しかし、もともと「絆」という言葉は馬や犬などの動物をつなぎとめておくための綱のこと。つまり束縛を意味する言葉だ。絆があるばかりに、自由が許されなくなり、抑圧され、苦悩するということもあるのだ。

私たちは身内ほど愛情を感じる度合いが強まる。しかし、これは一方で、身内ほど憎悪を感じる度合いが強まるということでもある。こういうのを心理学では「近親憎悪」と言うらしい。家族ほど大事なものはないという考えがある一方で、家族ほど自分を苦しめるものはないという考えもあるのも事実だ。家族の絆によって幸福になれる人がいる一方で、家族の絆が人生の足枷になっている人もいるはずである。

家族の問題というのは、考えれば考えるほど難しく、わからなくなる。家族の形態が時代と共に変化していく中で、夫婦のあり方や親子の関係もこれから先どんどん変わっていくことだろう。しかし、どんなに変わったとしても、社会生活の根底にある家族の大切さは永遠不変のものであるはずだ。職場や学校では、代わりになる人間はいくらでもいる。しかし、家族の一員の代わりになる人間は、誰一人として存在しないのだから。

親の心、子知らず

「人生１００年時代」という言葉がいろいろなところで叫ばれている。現在日本では百歳以上の高齢者は九万人を超えているようだ。日本の人口が減っていく一方で、百歳を超える高齢者の数はこれからもどんどん増えていくことだろう。

日本では百歳を超えても現役で働いている人がけっこういる。メディアなどではそんな元気溌溂とした老人の姿を映し出して「人生１００年時代」を謳歌するようなイメージを与えているが、現実問題として実際のところは、どれだけの老人が健康面や経済面に問題を抱えることなく元気に生活できているのだろうか。若い人に負けないくらいに元気に暮らしている高齢者がいる一方で、寝たきりの状態であったり、施設や病院で密やかに暮らしていたり、病院通いが日常であったりする高齢者の数の方が圧倒的に多いはずだ。「老々介護」などという言葉が生まれるくらいに、老人の介護を老人がしなくてはならない世の中である。

今や日本人の三人に一人が六十五歳以上の時代だ。元気で働ける人はいいだろうが、これからの時代、老人の居場所の問題がクローズアップされてくることだろう。保育園の数が足りず待機児童が多いことが問題視されることがあるが、今後は老人ホームの「待機老人」が社会問題になる時代がくるかもしれない。

日本の平均寿命は女性が八十七歳、男性が八十歳と、世界の中でも有数の長寿国である。これは祝福すべき素晴らしいことで、幸せなことでもあるが、一方で社会が高齢化してきたことで深刻な問題や不幸な出来事も増えている。高齢者が引き起こす事件や事故も増加の一途をたどっている。また、認知症や介護の状況もこれからはさらに深刻になっていくことだろう。私自身も他人事ではない。また、家族に認知症や介護を必要とする者が出てくるわけだから、超高齢化社会というのは誰でもが必ず何らかの形で関わらざるを得ない問題である。

もう二十年近く前のこと。京都、大徳寺の塔頭寺院のひとつである「黄梅院」を訪れたことがあった。庭園に入る手前の通路のところに、ある「詩」が掲げられていた。よくお寺の門前の掲示板に言葉が掲げられていることがあるが、そんな感じの掲示板であった。普通だったら気にも留めず通り過ぎてしまうところだが、その時は思わず額の前に立ち止まって一字一字噛みしめながら読み耽った。
読んでいるうちに、その数年前に亡くなった母（養母）のことを思い出し、庭園を歩きながら涙が止まらなくなった。

手紙　～親愛なる子供たちへ

年老いた私がある日
今迄の私と違っていたとしても
どうかそのままの私のことを理解して欲しい
私が服の上に食べ物をこぼしても　靴ひもを
結び忘れても　あなたにいろんなことを
教えたように見守って欲しい
あなたと話す時　同じ話を何度も
何度も繰り返しても　その結末を
どうかさえぎらずにうなずいて欲しい

あなたにせがまれて繰り返し読んだ
絵本のあたたかな結末はいつも同じでも
私の心を平和にしてくれた
悲しいことではないんだ　消え去ってゆく
ように見える私の心へと励ましの
まなざしを向けて欲しい
楽しいひと時に　私が思わず下着を
濡らしてしまったりお風呂に入るのを
いやがる時には思い出して欲しい　あなたを
追いまわし何度も着替えさせたり
さまざまな理由をつけていやがるあなたと
お風呂に入ったなつかしい日のことを
悲しいことではないんだ　旅立ちの前の
準備をしている私に祝辞の祈りを
ささげて欲しい

いずれ歯も弱り　飲み込むことさえ
出来なくなるかもしれない　足も衰えて
立ち上がることすら出来なくなったなら
あなたがか弱い足で立ちあがろうと
私に助けを求めたようによろめく私に
どうかあなたの手をにぎらせて欲しい
私の姿を見て悲しんだり　自分が無力だと
思わないで欲しい　あなたを
抱きしめる力がないのを知るのはつらいことだけど
私を理解してささえてくれる心だけを
持っていて欲しい　きっとそれだけで
それだけで私には勇気がわいてくるのです
あなたの人生の始まりに私がしっかりと
つきそったように私の人生の終わりに
少しだけつきそって欲しい

あなたが生まれてくれたことで私が
受けた多くの喜びとあなたに対する
変わらぬ愛をもって笑顔で答えたい

私の子供たちへ
　愛する子供たちへ

養母は亡くなる前の数年間は介護が必要な状態が続き、さらに極度の認知症を患っていた。最後の二年間は自宅での生活も困難になり、老人病院の世話になることを余儀なくされたのだが、私としては自分の至らなさに忸怩たる思いであった。さらに悪いことに私は養母の最期を看取ることができなかった。私は彼女の人生の終わりに少しも付き添ってあげることができなかったのだ。今でも後悔の念は消えない。

養母のことを思うと、今でも胸が締め付けられることがある。養母は本当に苦労の人だったと思う。若い頃に患った病のせいで子どもが生めない体になったあとで、父（養父＝私の祖父）のところに後妻として嫁ぎ、先妻との間にいた二人の子どもを育てながら家族を支えてきた。その二人の子どものうちの長男が私の実父なわけだが、前に書いたようにギャンブルに興じて家の財産を食い潰してしまう。その後どういう経緯かわからないが、母方の遠縁にあたる女性と結婚し子ども（私）をもうけるが、すぐに離婚。両者共に子どもを引き受けようとしなかったため、子どもはその祖父母のところに養子縁組で引き取られることになる。しばらくして夫が病気で働けなくなり、女手ひとつで一家を支えなければならなくなった。そのことについては前に書いた通りである。

養母は子どもが生めない体だったため、私を養子として引き取った際は、自分の子どもを授かったような気持ちになり非常に喜んだそうである。無職となりアルコール依存症に近い状態になっていた夫の分まで働き、その夫にちゃぶ台をひっくり返されるようなことをされても、子どものためにただひたすら汗を流して働き続けた。私が万引きをして、店から連絡を受けた時はさぞかし悲しくつらい思いをしたことだろう。ただ、その時も、私を責めることはいっさいなく、ただ「どうしてそんなことしたの？」と静かに問いかけただけだった。私が何も答えないでいると、それ以上問い詰めることはせず、「もうしないでね」と一言言っただけだった。たぶん、彼女の中には、親に捨てられた私に対する同情心と、この子は自分の子どもではないという負い目があったのだろうと思う。

養母は私が大学を卒業するまで働き続けた。私が就職して社会人になった年の夏に養父が他界した。死因は肺がんだった。さんざんつらく悲しい思いをさせられ続けてきた夫ではあったが、やはりそこは長年苦楽を共に連れ添ってきた夫婦である。臨終の際には私の傍らで泣き崩れるほどに悲しんでいた。

その後、私が結婚するまでの十年間は養母と私の二人で暮らしていたが、私は結婚と同時に家を離れて別居することになった。本当は一緒に暮らしてあげたかったのだが、妻の仕事の関係やその後に生まれた子どもの学校の関係など、いろいろな事情により、養母を一人暮らしにさせざるを得なかった。女手ひとつで一家を支えてきた女性だけあって一人暮らしをしていても逞しく気丈に生活していたが、八十歳になる頃に急に心身が衰えだし、認知症の兆候も出始めるようになったことから、高齢者専用の病院で入院生活を送ることになった。その時も、入院などさせずに、養母を引き取って自宅で面倒を見ればよかったのだが、その頃は自分の幼い子どもたちを育てるのに精一杯で、自宅で養母を介護するだけの精神的なゆとりがなかった。また、しっかりとした介護が行き届く病院で暮らしていた方が安心だという気持ちもあった。病院での生活は彼女がそこで亡くなるまで二年ほど続いたが、その間月に一度は孫を連れて面会に行ってはいたが、それでも　人生の最後の数年間を病院で孤独に過ごさなければならなかった彼女の淋しさを思うと心苦しい気持ちになるのであった。

あなたの人生の始まりに
私がしっかりとつきそったように
私の人生の終わりに
少しだけつきそって欲しい

養母は、自分の子どもではない私を引き取って、私の人生の始まりに、私にしっかりと付き添ってくれた。しかし、私は彼女の人生の終わりに、彼女に付き添ってあげることができなかったのである。

ちなみに、ずっと後になって知ったことだが、大徳寺の黄梅院に掲げられていた詩は、角智織さんと樋口了一さんという方がポルトガル語の詩を訳したもので、『手紙～親愛なる子供たちへ～』というタイトルで本やＣＤにもなっているとのことだった。

怨みから感謝へ

私の実父は、私を養子に出した後は、多少なりとも養育費を出すとか、経済的な援助をするとか、そういうことはいっさいなかった。さらに彼の両親である私の養父母の世話をすることもなかった。養父が入院している時も、養母が入院している時も、見舞に来ることはなかったし、入院費用や生活費を少しでも負担してくれることもなかった。私は別に不満に思ったり不服を感じたりすることもなく、「そんなものなのだろうか」と淡々と受け止めていた。ここまで書くと、ひどい父親だと思われるかもしれないが、もちろん一度は怨んだ時期もあったが、親を怨むことで自分が苦しんでいたのでは、それは二重苦だと思って、それ以来怨み心は消えていった。そんな実父も二年前に亡くなった。

実母には私が養子に出されて以来一度も会っていない。だから私は母の顔を知らない。私は自分の出自を知って以来、女性というのは「自分の腹を痛めて生んだ我が子を忘れることがあるのだろうか」ということをずっと考えていた。大学生の頃、付き合っていた女性に「自分が生んだ子どもを忘れるってことあるかな?」などと変な質問をして怪しがられたことがあるが、母親から忘れ去られるような子どもはどれだけ不幸な子どもだろうなどと思っては、自分を貶めていた時期があった。

父親と同じく、私を生んだ母親を怨んだこともあった。「捨てる（子どもの頃はそう思っていた）くらいならなんで生んだんだ！」と怒りの気持ちもあった。でも、先ほども書いたように人を怨むことは自分自身を苦しめることでもあり、怨むことで物事が解消することは絶対にないのだと気づいてからは、親に対する怨みも怒りも消えていった。意識も変わった。

どういう形で生まれてきたにせよ、どういう家庭で育つにせよ、今現在、自分はこうして生きている。そして、今こうして生きている自分はまんざらでもない。決して幸せな人生ではないかもしれないが、かといって不幸な人生でもない。とにかくこうして生きている自分がいる。私が生まれてきたことはもしかしたら災難であったのかもしれない。また、十四歳の頃にはそんな自分を恥じ、死にたいと思ったことも何度かあった。でも、今こうして生きている。これから先、もっと大変なことがあるかもしれないが、いいこともあるかもしれない。未来のことはわからないが、今こうして生きている。そのこと自体が非常に愛おしく悦ばしいことであると思うのである。そして、今こうして生きているということは、自分を生んだ父と母がいたからである。そう思うと、彼らに対する怨みや怒りの気持ちが、感謝の気持ちに変わっていく。もちろん、そんなに簡単なことではなかった。その間にいくつかの葛藤や煩悶はあったが、それでも時間をかけて許すことができるようになっていった。

生きなければわからないことがある

朝日新聞に「折々のことば」という小さなコラムがある。文を書いているのは哲学者の鷲田清一氏。示唆に富んだ言葉がたくさんあって毎日欠かさず目を通している。心の琴線に触れる言葉に出会うと、そのことについて考えを深めたり、関連する書籍を読んだりして視野を広げるようにしている。

その「折々のことば」にかつて次のような言葉があった。

生きなければわからないことがありました。
八十歳を越えてから、やっといまわかったということが、たくさんありました。

宮崎かづゑ

あの時にはわからなかったけれど今だとわかるということが人にはある。何かを納得するには、ときに途方もない時間がかかる。10歳で瀬戸内のハンセン病療養所に入園した彼女は、後遺症で苦しむなか、80近くになってはじめて幸せだったとの思いを得る。経験を正面から受けとめるのにこれほどの時間を要した。「長い道」から。

（朝日新聞「折々のことば」鷲田清一２０１６・10・21）

この「ことば」を読んだ時、この言葉がどういう背景から発せられたのか気になった私は、宮﨑かづゑさんという方がどういう人物なのか知りたくてさっそく調べてみた。先の言葉は『長い道』という宮﨑かづゑさんの随想集（自伝）の中にある言葉であった。ただ、件《くだん》の言葉は本文ではなくて、巻末に収録されている料理研究家の辰巳芳子さんとの対談の中にある言葉だった。

宮﨑かづゑさんは一九二八年に生まれ、十歳で岡山県にあるハンセン病療養所「長島愛生園」に入園し、以来七十年余りをその地で過ごされた方だ。

「生きなければわからないことがある」

なにげない言葉なだけに聞き流してしまいそうな言葉だが、深く考えてみると非常に重みのある言葉である。ハンセン病という、私たちが想像すらできない苦しみを一生にわたって背負ってきた人の言葉だ。対談の中で宮﨑さんはこう語っている。

幸せだったと気づいたのが七十歳代後半になってからで、すべてがよかったと思えるようになったんです。悲しみも苦しみもあったのでしょうが、あまり思い出さないような気がいたします。いろいろあったけれども、いまはそれがすべて宝物のようですので、不幸せがあったとは思えないんです。

（『長い道』 みすず書房）

人生にはいろいろなことがある。すべてが順風満帆な人生などないのではなかろうか。波乱万丈とまではいかなくても、生きていくということの中には、大なり小なりいくつもの困難や辛苦があるものだ。にっちもさっちもいかなくなり、ただただ立ちすくんで喘ぐばかりなんて時もあるだろう。

しかし、どんなに苦しいことや悲しいことがあったとしても、私たちは生きていかなければならない。「生きていかなければならない」という言い方に負担を感じるのであれば「生きてみる」という言葉に置き換えてもいいかもしれない。言い方は良くないかもしれないが、「とりあえず生きてみる」——そうやってとりあえず生きてみると、あとからわかってくることが必ずあるものだ。それが何年かかるかはわからない。二、三年かもしれない。十年かもしれない。三十年かもしれない。いや、もしかしたら一生かかるかもしれない。

宮﨑さんは七十年近くの歳月を要しているのだ。

　還暦を過ぎて数年がたつが、十代の時にわからなかったことが二十代になってわかるようになったことがたくさんある。同様に、三十歳でわからなかったことが五十歳でわかるようにもなった。今思うと、あの時のあの苦しみは何だったんだろうと思うようなことが、人生の節目節目には何回もある。年をとってみなければわからないことがたくさんあるのだ。生きてみなければわからないことがあるのである。

大切なワン・ピース

ずいぶん昔のことだが、ジグソーパズルにはまっていた時期があった。例えば三〇〇〇ピースのパズルともなるとかなりの根気と時間がいる作業である。まずもとの絵や写真を参考に、同じ色や景色の部分のピースを一枚ずつ分類して仕分ける。海や空の部分などは色や絵で見分けられないので、パズルの形で一枚ずつはめてははずすという作業を繰り返さなければならない。気の遠くなるような作業だが、根気強く一枚一枚はめこんでいけば、いつかは必ず完成して美しい絵や写真ができあがる。

昔、そんなジグソーパズルをやっていて、ある大作（畳一畳分くらいの大きさのもの）に取り組んでいた時に、仕分けしたバラバラのピースの一部分にコーヒーをこぼしてしまった。そこは空の部分だったので、空色の青いピースがコーヒーの色に染まって茶色になってしまった。「あ～あ、せっかくここまでやったのに、これじゃあ絵が台無しだ……」と一瞬落ち込んだのだが、ほぼ完成に近かったので、気を取り直して最後までやり完成させた。しかし、きれいな空のところどころが茶色く汚れてしまってなんとも間抜けな仕上がりになってしまった。値段も高く、時間もかなりかけただけに非常に落胆したのだった。

その時ふと思ったことがある。ジグソーパズルと人生にはある共通点がある、と。

どんなに汚れてしまったピースでも、それぞれのピースが一枚でも欠けてなくなってしまったらジグソーパズルは完成しない。たとえ、汚れてしまったピース、あるいは、たとえ役に立たないように見えるピースでも、なくてはならない存在なのだ。どんなピースでも欠かすことのできないかけがえのない大切なワン・ピース。組み立てる前のピース一枚だけを見れば、どこの部分なのか、何の意味があるのかわからないけれど、パズルが完成してみると、そのワン・ピースがパズルを完成させるために欠かすことのできない大切な部分であったことが初めてわかる。

人生もジグソーパズルみたいなものだ。汚れてしまったからといって捨てることはできない。意味がわからないからといって無視してはいけない。役に立ちそうもないからといって捨ててはいけない。その時は、汚くみえるかもしれない。意味がないように思えるかもしれない。役に立たないように見えるかもしれない。しかし、時がたち、人生全体を見渡せるような時になると、過去において経験したすべてのことが、その人の人生を形成する上で、欠かすことのできない大切な出来事であったことがわかるようになるのである。

生きていると、つらい思いをする時もあるだろう。自分がしていることに意味を見出せないで悩む時もあるだろう。しかし、それらが嫌だからといって避けていてはダメなのだ。私たちが経験するどんなことでも、人生の全体を作り上げる大切な一瞬一瞬であるということを忘れてはいけない。今経験していることにどんな意味があるのか、どんな価値があるのか、今はわからないかもしれない。しかし、年を重ねて生きてみた時、ひとつひとつの経験が価値あるものとして意味をなす時が必ずやってくるのではないだろうか。

あの時の苦しみがあったおかげで、今の幸せがあるのだと思える時が必ずやってくるはずだ。汚れてしまったワン・ピースも全体の絵を構成する大切なワン・ピースである。つらいこと、苦しいこと、悲しいこと、どんなことも、私たちの人生を作り上げるための大切なワン・ピースなのだ。

老人ホームの風景

私の義母（妻の母）は今年（二〇二三年）九十四歳で亡くなった。十年前に重度の認知症になったのをきっかけに特別養護老人ホームに入所し、それ以降施設で生活をしていた。コロナ禍に入ってからは面会ができず、施設の行事も中止になっていたが、それ以前は妻と一緒に頻繁に面会に行き、施設のイベントに参加したりしていた。特に自分が還暦を迎えた頃には、自分がこれから高齢者になっていくということもあり、施設を訪れるたびに自分の老後のことや家族のことなど、いろいろなことを考えた。

施設には百人ほどの高齢者が暮らしていたが、その中には百歳を超える方も何人かいた。入所している高齢者の中には、意識もしっかりしていて表情豊かに会話ができる人もいれば、まったく呆けてしまって家族のことも認知できない人、一日中臥床の生活を余儀なくされている人など、症状はさまざまだ。

今、日本では三人に一人が六十五歳以上という高齢社会だが、高齢者の数が増えても、その高齢者に接する機会は減ってきているという不思議な現象が起きている。世の中の「空気」として高齢者の外出をよしとしない雰囲気がある（この「空気」は高齢者に対してと同様に障害を持つ人に対しても存在している）。

老人ホームというのは一種独特の雰囲気の空間だ。一歩足を踏み入れると、外の世の中とは隔絶されていて静寂感に包まれている。時間さえも、外の世界とは違った流れ方をしているのを感じる。

昨今、介護の現場での悲惨な現状や事件が報道されることが多いが、幸いなことに、義母が世話になっていた施設は非常にあたたかい雰囲気の中、職員の方々の明るい声が飛び交っているようなところだった。

老人ホームや老人病院という場所は、世間的な価値観からすると非常に非生産的な場所である。かつて、子どもを生まない人のことを「生産性がない」と言った議員の発言が問題になったが、そのような価値観で見たら、老人ホームは明らかに「生産性のない」場所であり、施設にいる老人たちは「生産性のない」人間である。経済効果が優先される世の中では、生産性のないことは「悪」として切り捨てられていく。

そのように生産性で人を評価するのは異様なことだと思う。世の中、生産性を上げることが最も大事なことなのだろうか。生産性のない人間は切り捨ててしまっていいのだろうか。

二〇一六年に、相模原の障害者施設で、十九人の障害者の方が刺殺されるという事件があった。犯人は障害者に対して異常なまでの差別意識を持っていて、「障害者なんてこの世からいなくなればいい」と言っていたという。つまり、障害者は「生産性がない」から社会から切り捨てるという発想だ。

子どもを生まないのは生産性がない、老人は経済活動をしないから生産性がない、障害者は社会で役に立たないから生産性がない……。いずれも生産性で人を評価することからくる歪んだ価値観である。

何回も老人ホームを訪れてきた。そこには無表情で、会話もなく、笑顔もなく、活動することもなく、ただ生きているといった人たちが少なからずいる。そこはまったく「生産性」のない場所である。しかし、そこには「存在すること」の確かなあたたかさとぬくもり、そして生きてきたことの確かな証があるのを感じるのである。

人間の生存には三つの形態がある。英語で言うなら、doing と having そして、being の存在の仕方である。doing は、何をして生きるか。having は何を所有して（持って）生きるか。そして、being は、何もすることがなく、何も所有するものがなくとも、ただ生きるということ。

老人ホームにはhaving も doing もない。彼らは何もしていない。そして、何も持っていない。しかし、彼らは確実に生きて、そこにいる（being）。

私は、そんな being の尊厳というものを、老人ホームを訪れることで感じさせてもらっていた。

子から選ばれた親

「子は親を選べない」と言うが、「親は子を選べない」というのもまた真実である。最近は生物医学や科学技術の進歩によって、いろいろな形での生命操作ができるようになった。遺伝子の研究にも目を見張るものがあり、生まれてくる赤ちゃんがどういう状態になるかまでもある程度の予測ができるようになっているという。生まれてくる子どもに障碍があるかどうかが出産前に診断できるというのだ。現に、アメリカでは、「遺伝子診断」を受けて、自分が将来どんな病気になる可能性があるかを判断しようとする動きがあると聞いている。だから、考えようによっては、親が子を選ぶ時代がいずれやってくるのかもしれない。

科学技術や医学の進歩は人類の進歩でもあり、私たちにとって恩恵ではあるが、こと生命操作に関しては、倫理的な問題もあり、慎重に考えなければならないと思っている。

私は以前から疑問に思っている言葉がある。それは「子どもをつくる」という表現だ。もちろんこれは「子どもを生む」という表現と同義なのだが、どうも「つくる」という言葉に違和感を抱くのである。私たち人間が果たして「子どもをつくる」ことができるのだろうか。

本来、「子どもは授かるもの」という考えが古くからの日本にはあった。「子どもをつくる」という表現には人間の傲慢さを感じる。自分でつくった子どもだから、自分の所有物である、だから自分の子どもをどのように扱うかは親の勝手である、という考えが昨今の虐待などの現象にもつながっているような気がしてならない。

私は、子どもは「授けられたもの」であると同時に「預けられたもの」だと思っている。決して親の所有ではない。預かったものだと思えば大切にしなければならないはずだ。

こんな「詩」がある。伊藤隆二著『なぜ「この子らは世の光なり」か』という本の中で紹介されていた詩だ。

会議が開かれました

地球から、はるか遠くで。

〝また次の赤ちゃん誕生の時間ですよ〟

天においでになる神様に向かって、天使たちはいいました。

この子は特別な赤ちゃんで
たくさんの愛情が必要でしょう。
この子の成長は
とてもゆっくり見えるかもしれません。
もしかして
一人前になれないかもしれません。
だから
この子は下界で出会う人々に
とくに気をつけてもらわなければならないのです。
もしかして
この子の思うことは
仲々わかってもらえないかもしれません。
何をやっても
うまくいかないかもしれません。
ですから私たちは

この子がどこに生まれるか
注意深く選ばなければならないのです。

この子の生涯が
しあわせなものとなるように
どうぞ神様
この子のためにすばらしい両親をさがしてあげて下さい
神様のために特別な任務をひきうけてくれるような両親を。

その二人は
すぐには気づかないかもしれません
彼ら二人が自分たちに求められている特別な役割を。
けれども
天から授けられたこの子によって
ますます強い信仰と

豊かな愛を抱くようになるでしょう。

やがて二人は
自分たちに与えられた特別の
神の思召しを悟るようになるでしょう
神からおくられたこの子を育てることによって。
柔和でおだやかなこの貴い授かりものこそ
天から授かった特別の子どもなのです。
（エドナ・マシミラ作　大江裕子訳）

この詩は障がいのある子どもを持った親たちへの応援歌と受け止めることができる。実際のところ、この詩を著書に引用した伊藤隆二氏は、障害児の教育や福祉を専門とする教育心理学者である。しかし、私が初めてこの詩を読んだ時に感じたのは、これはすべての子ども、すべての親にあてはめて考えることができるのではないかということだ。

スピリチュアルな世界観で、非現実的な印象を持たれるかもしれないが、科学的にどうかだとか、事実かどうかという問題ではなくて、ひとつのものの見方として考えてみてはどうだろうか。

世界でたったひとりしかいない我が子の親として、自分たちが選ばれたのだと考えることは、親としての責任を感じると同時に、親としての誇りと喜びを感じることができるのではないだろうか。

私は二人の子どもを授かった。二人ともすでに成人して久しく、まだ結婚はしていないものの、社会人として自分が選んだ人生をそれぞれ歩んでいる。

私自身が「親」というもののあり方について子どもの頃からあまり良い印象を持っていなかったせいもあり、子どもができた時には、自分が親になるということに対して喜びを感じる一方で一抹の不安を抱いていた。自分の親のことを快く思っていなかった自分が、果たして親としての務めをしっかりと果たすことができるのだろうか。実の親からの愛情というものを経験したことのない自分が、自分の子どもを愛情をもって育てることができるのだろうか。果たして自分が親になっていいのだろうか。そんな思いが心の片隅にあったのだ。しかし、いざ生まれてきた子どもの姿を見た時は、そんな不安は一気に消え去り、この子は自分を親として選んで生まれてきたんだという思いがじわじわと湧き上がり、「私たちのところに生まれてきてくれてありがとう」と心の中で呟いたのだった。

次男が生まれた時も同じだが、この時はまた違った意味で感慨深かった。次男の時は、妻が妊娠八か月の時に破水してしまい、そこでそのまま生まれてしまうと危険な状態だったのだが、妻も胎児もなんとか持ちこたえてその後三週間ほどお腹の中にとどまることができた。そして未熟児（一五〇〇グラムだった）として生まれ、生まれた後も一か月ほどはあちこちを管でつながれた状態で、病院の未熟児用のケースの中で育てられた。けっこう大変な思いをして生まれてきただけに、妻も私も、親としての責任を痛感して、子育てにはひときわ愛情をかけてきたつもりである。

彼らが親のことをどう思っているかはわからないが、少なくとも、私がしてきたように、親を恨んだり、親を憎んだりしたことはなかったものと思う（そう思いたい）。私としてはそれだけで十分である。

死ぬかもしれない

中学二年生の頃のこと。学校の廊下を歩いていた時、急に心臓の鼓動が激しくなった。直前に運動をしていたわけでもなく、激しい動きをしたわけでもないのに突然心臓がドキドキしだしたのである。普通、私たちが脈拍を測る時は、手首とか首筋に指先を当てて、微妙に伝わってくる脈を感じて測る。じっとしているだけで脈を測ることはできないのだが、その時は、まるで地震で体が揺れているのではないかと思えるくらいに自分の心臓の鼓動が激しく伝わってきたのである。階段を上ろうとすると、全身から血が引いてしまうような感じがして、さらに息苦しさを感じて、二、三段上がっただけでそれ以上動けなくなってしまった。松田優作ではないが、「なんじゃ、これは!」といった衝撃を受け、このままだと心臓が破裂してそのまま死んでしまうのではないかという恐怖に襲われた。正常な脈拍は普通、一分間に六〇~七〇くらいだが、その時の脈拍はその三倍くらい、つまり一八〇~二〇〇くらいになっていたと思う。

私はゆっくり歩きながら保健室に行った。あいにく養護の先生が不在だったので、保健室のベンチに身体を丸めて座って発作がおさまるのを待った。座って体を休めていても、心臓の鼓動だけは激しく動き、それに合わせて体が揺れているのがわかった。大げさな言い方だが、私はその時生まれて初めて「死」というものを意識した。そして不安な気持ちのままじっとしていた。そうしたら二、三分後に急に脈が正常に戻ったのである。発作が起きた時も突然だったが、おさまるのも突然だった。発作がおさまると、心臓は何事もなかったかのように何の異常もなく、鼓動も脈も以前とまったく同じ正常な状態に戻っていた。息苦しさもなくなった。そのあまりに急激な変化は不思議な感覚だった。その後、養護の先生が保健室に戻ってきて「どうしたの?」と聞かれたが、すでに正常な体に戻っていた私は、なんとも返答に困ってしまい、「ちょっと具合が悪くなったのですが、もう大丈夫です」と言って保健室を去った。

私の心臓病との長い付き合いが始まったのはその時だ。それ以降、一年に十数回の頻度(多い時は、月に二~三回の時も)で、同じような発作に襲われ続けた。発作そのものは、安静にしていれば五分から十分でおさまっていた。さらに、慣れてくると、自分である程度は発作をおさめることができるような時もあった(息をこらえて、ぐっとお腹に力を入れることでおさまることが多かった)。そんな状態だったが、病院に行って治療を受けようという発想があまりなかった。実際に診察を受けたことも数回あったのだが、発作が起きていない時の心臓は正常そのものなので、そんな時に診察を受けて心電図をとっても、異常とは判断されなかったのである。

ただ、発作が起こるたびに、「もしかして発作が止まらなかったら、このまま死んでしまうかもしれない……」という恐怖と不安を毎回感じていたのは事実だ。これまた大袈裟な言い方だが、常に死と隣り合わせに生きているような感覚があった。

加齢と共に、発作の時間が長くなり、ひどい時は三十分くらいしてもおさまらないことが多くなってきた。五十二歳の時のある朝、あまりに長く発作が続いて、しかも動悸も激しくなり、さらに呼吸が困難になったことで、妻に救急車を呼んでもらって病院に搬送された。その時は病院に向かう救急車の中で発作がおさまったのだが、救急隊の方が計測していたデータが病院の医師に伝わったことで、正確な診断が下り、後日ようやく手術によって治療することになった。

結局、私の心臓の発作の正体は「房室結節回帰性頻拍」による「発作性上室性頻拍」という病気だったことがその時わかった。正常な心臓は、洞結節と呼ばれる場所から規則正しく心臓を動かすように電気信号が発生し、心臓全体に伝わるのだが、何らかの原因で余分な電気経路ができることで、そこを伝って心臓が速く動く、つまり脈が速くなるという現象が起きてしまう。そんな不整脈の一種だった。

私が受けた手術はカテーテル治療といって、鼠径部の動脈からカテーテルを挿入し、動脈を通して、心臓内の余計な電気信号を発している部分を高周波で焼き、余計な電気信号が流れないようにするというものだった。不思議なもので（医師にしてみれば不思議でも何でもないのだろうが）、それ以来、四十年近く悩まされてきた発作がぴたっと起こらなくなった（一瞬起こることがあるが数秒でおさまるようになった）。

しかし、私と心臓病との付き合いは、終わることはなく、そんな発作に長年襲われ続けた心臓によほど負担がかかったのか、五年前に、まったく違った形の心臓病で手術をすることになった。病名は「胸部大動脈瘤」と「大動脈瘤弁膜拡張症」。心臓に直結する大動脈を人工血管に置換し、弁膜を置換する手術だった。もし手術をしなければ、いつ大動脈瘤が破裂して突然死してもおかしくない状態だった。

長々と自分の病気のことを書いたが、私は中学生の頃から持っていた自分の心臓の病気のおかげで、若い時から「死」ということを身近に感じて生きてきた。大げさな言い方をすれば、常に死を意識して生きてきたと言ってもいい。前にも書いたが、十四歳の時に、「自分なんか死んだ方がいい」と思ったことが何度もあり、青年期には自殺という行為に興味を抱いていた。そんな自分ではあったが、いざ心臓の発作が起きた時は、死ぬことが恐ろしくなるのである。どうせ望まれずに、間違って生まれてきたのだから、いつ死んだってかまわない、と強がる気持ちがある一方で、理由は何にせよ、せっかく生まれてきたのだから、生きられるだけ生きたいという願望があった。

メメント・モリ

「メメント・モリ」という言葉がある。ラテン語で「死を想え」「死を忘れることなかれ」「自分がいつか必ず死ぬことを忘れるな」といった意味の警句で、古くから芸術作品のモチーフとして使われてきた言葉である。人口に膾炙する言葉でもある。

現代の社会では、「死」は忌み嫌うものとされ、私たちの目の届かないところに遠ざけられている。「死」を話題にすることは、「縁起でもない」と言われ、不吉で不気味なものとして避けられる傾向にある。しかし、死は遅かれ早かれ一〇〇%の確率ですべての人に訪れるものである。「生」の数と同じだけ「死」の数がある。人は誰もが死ぬ。しかもそれは今日かもしれないし、明日かもしれない。生きるということと死ぬということは、常に隣り合わせである。「死を想う（メメント・モリ）」ということは、イコール生きるということを考えることでもある。コロナ禍は、私たちにいろいろなことを考えさせるきっかけになったが、その中に「死」あるいは「死生観」といったものも入るだろう。

いつ死ぬかわからないのが人生だ。だからこそ、生きている今この瞬間を大切に一所懸命に生きなければならない。「死を想う」ことで、今生きている「生」を充実させることができるのだとしたら、死について考えることは、決して不吉なことでも不気味なことでも、「縁起でもない」ことでもないのである。

アップルの創始者、スティーブ・ジョブズは、十七歳の頃からずっと、毎朝、鏡に映る自分に問いかけていたという。

「もしも今日が人生最後の日だとしたら、今日やろうとしていることをやりたいと思うだろうか」と。その答えが「ノー」の日があまり多く続く場合には、何かを変える必要があるのだと、必ず分かります。

自分はもうすぐ死ぬのだと意識しておくことは、私が人生の重大な選択をする際に役立つツールとして偶然に手にしたものの中でも、最も重要です。

だれでも死にたくありません。（中略）しかし、死というものは、われわれ全員共通の終着点なのです。それから逃れた者は、これまでだれもいません。そして、それはそうあるべきものなのです。

皆さんの時間は限られていますから、他人の人生を生きて時間を無駄にしてはいけません。

（『スティーブ・ジョブズ　伝説のスピーチ&プレゼン』）

話は飛ぶが、心臓の鼓動（血液の流れ）を見たことがあるだろうか？　先にも書いたように、私は自分の心臓の検査や手術のために、自分の心臓が動く映像を何度も見てきた。「超音波エコー検査」である。「超音波エコー検査」とは超音波を対象物（心臓）に当てて、その反射を映像化することで、対象物の内部の状態を調査する検査だ。血液が大動脈を通って正常に心臓に送られ、そして正常に心臓から流れ出ているかを映像を通して確かめることができる。心臓にある弁膜がポンプのような役割をして、血液を流している様子が目視できるのである。

私は自分の心臓と血液の流れの映像を何度も見てきたのだが、そのたびに神秘的な驚きというか、一種の畏怖の念を抱くのであった。自分の心臓でありながら、何か別の生き物が必死で生きているような印象を受けるのだ。映像では心臓の弁（四つある）が規則正しく開閉を繰り返し、一定量の血液を心臓に送り込む様子がリアルにわかるのだが、一分の狂いもなく、一瞬も休むこともなく、ひたすら呼吸を合わせて自らの務めを果たしている。その姿が必死なのである。心臓は一日二十四時間、一年三百六十五日、一刻も休まず、必死に、懸命の営みを繰り返している。もし自分が同じようなことをやれと言われたら、数分もしないうちに音を上げてしまうだろう。まさに「神業」である。

私は心臓の手術をきっかけに一年ごとにこの「エコー検査」を受けているのだが、自分の心臓の働きを見るたびに（検査中に見ることができる）、自分のいのちは、私の知らないところで繰り返される神業によって支えられていると実感するのである。私というただの人間が「死にたい」と思う時でも、私の心臓は必死に生きようと動き続けている。その必死さ、懸命さを思うと、やはりそれに見合った生き方をしなければ心臓に申し訳ない。そう思うのである。

私たちは疲れたら、休む。そして、寝る。しかし、心臓は私が休んでいる時も、寝ている時も、決して休むこともなく働き続けているのである。私のシンゾウ君（私はよく自分の心臓にそう話しかける〈笑〉）が、「もう十分働いたから、そろそろ休むね」と言うまで、自分も必死に生き続けようと思うのである。

呪われた海賊たち

映画『パイレーツ・オブ・カリビアン』は全部で五作あるが、第一作目のタイトルは「呪われた海賊たち」だ。文字通り「呪い」をかけられた海賊たちが登場するわけだが、海賊たちにかけられた「呪い」とは何かというと、それは「死なない」ということ。そして「痛みを感じない」ということだ。剣で刺しても傷つかず、決して死ぬことがない。いわば不死身の身体になるというのが「呪い」なわけだ。苦痛を感じないですむ。さらに不老不死の生命を与えられるなんてことは、ある意味では人類が求めてやまない最高の境地なはず。しかし、それが「呪い」なのはなぜか。

肉体的に傷を負っても痛みを感じない。精神的につらいことがあっても苦しくない。泣きたくなるような出来事があっても悲しみを感じない。心が病むようなことがあっても憂鬱にならない……。苦しまなくてすむわけだから、それらはある意味歓迎される心の状態なのかもしれない。どんなことがあっても痛みを感じないというのは良いことのように思えるかもしれない。「痛みを感じない」「傷つかない」「苦しまない」「老いない」「死なない」

というのは喜ばしいことのように思えるが、しかし、これらは「呪い」以外のなにものでもない。苦しみのない世界は地獄なのであって、決して天国ではない。

医療の進歩は肉体に感じる痛みを驚くほど軽減させてきた。心療内科や精神科の分野でも抗鬱剤の処方で、うつや悲しみを感じなくてすむようにまでなった。アンチエイジングの発想から、老いを遅らせることが望ましい時代になっている。そして科学技術や医療の進歩で、生物的な寿命はどんどん延びて、死を遠ざけることができるようになってきた。

しかし、苦しみや悲しみを感じないこと、老いないこと、死なないこと、これらのことと私たちの「人生の幸福」とは決して一致するものではないのではないだろうか。

確かに、私たちは嫌なことがあれば、不快になる。悲惨な出来事に遭えば、苦しくなる。大切な人を失えば、悲しくなる。老いれば、なにかとつらくなるだろう。

では、そういうことがいっさいない世界を想像してみる。つらいこと、苦しいこと、悲しいこと、腹の立つこと、不愉快なこと……、そういうことがいっさいない世界は一見天国のように思えるかもしれない。しかし、そういう人生を私たちは本当に望むだろうか？一時的、あるいは期間限定だったら望むかもしれないが、それが永遠に続くとしたら、果たして私たちはそのような世界に生きたいと思うだろうか。そのような世界にずっといたら、おそらく「これは地獄だ」と思うようになるのではないだろうか。

やはりそれは「呪い」なのである。「呪われた海賊たち」は決して幸福ではないのだ。『パイレーツ・オブ・カリビアン』のラストの方で、ジャック・スパロウと呪われた海賊の頭《かしら》のバルボッサが闘う場面がある。バルボッサの胸にスパロウの剣が突き刺さった瞬間に「呪い」が解け、バルボッサの胸から血が流れ出る。それを手で触れたバルボッサは一言、"I can feel!"と言って笑みを浮かべて死んでいく。感じることができること(I can feel)、それこそが生きているということなのである。そして、感じることができるのは、喜びや楽しみや愉快なことだけではない。悲しみや苦しみやつらいことも感じることができる。それが生きている証なのだと思うのである。

「呪い」を解き放ち、苦しみや悲しみを受け入れることができるようになれば、それは「祝い」となることだろう。

それでも、やはり苦しみは避けたいものだ。でも、私たちの人生にはどうしても避けられない苦しみや悲しみというものがある。避けられないものは心静かに受け入れる勇気を持つしかない。そうすることでいつか必ず祝福される日が来ることを信じたい。

ヨブ記

聖書（旧約聖書）の中に「ヨブ記」というのがある。「ヨブ記」は今では独立した書物として岩波文庫などでも出版されている。私は大学の講義（キリスト教系の大学だったので必修科目に「聖書の講義」があった）で初めて「ヨブ記」を読んだのだが、最近また改めて読み直してみた。「ヨブ記」は要約すると次のような物語である。

ヨブは人望が厚く、信心深く、高潔な人物で、順風満帆な人生を送っている。豊かな財産にも恵まれ、ヨブと同じく信心深い妻と十人の優秀な子どもたちに囲まれ円満な家庭生活を送っている。

神は、そのように悪から遠ざかっているヨブを愛していた。そして、神からの恵みに感謝していたヨブはさらに神への信仰を深めていく。

しかしある日、サタンが神のところに来てこう話をもちかける。

「ヨブが信仰に篤いのは当然です。あなたは彼にすべてのものを与え、彼は申し分のない生活を送っているのですから。しかし、あなたが彼からすべてのものを奪い去ったならば、彼の信仰は揺らぎ、彼はあなたを呪うことでしょう」

それを聞いた神は、サタンの言い分を否定しようと、ヨブの人生をいくらか混乱させる許可をサタンに与える。

サタンは、ヨブから全財産をすべて取り上げ、ヨブの七人の息子と三人の娘をすべて殺してしまう。さらに、召使たちも殺されてしまう。友人はヨブを励まし、さまざまな助言を与えるが、ヨブの人生はさらに悲惨を極めていく。ヨブ自身も不可解な病に襲われ、ヨブの体は全身に痛みを伴う腫れ物に覆われる。ヨブは人から嘲笑され、のけ者にされていく。ヨブの家は焼き払われ、その灰の中に疲れきって座るヨブに、妻は「神を呪って、自分も死になさい」と忠告する。

しかし、それでもヨブは神を崇めることをやめようとしなかった。最後には、つむじ風がごうごうと音を立てながらヨブに近づいてくる。その中に神が潜んでいて、ヨブにこう言い放つ。

「私のすることは人間にとっては不可解であり、これからも不可解であり続けるであろう。お前たち人間がいくら努力しても、私の本心を見抜くことはできない」

ヨブは試練を耐え抜き、無慈悲きわまりない理不尽な罰を与えられても神に疑念を抱かなかったため、神はヨブに前の半生よりもさらに大きな祝福を与えた。健康も富も取り戻し、あらたに十人の子どもにも恵まれ天寿をまっとうする。

「なんで私にこんなことが起こるのか？」と思いたくなるような災難に見舞われたことはないだろうか。

「なぜ私だけがこんな苦しい目に遭わなければならないのか？」

そう思いたくなるようなことが人生にはあるものだ。

「善因善果《ぜんいんぜんか》・悪因悪果《あくいんあっか》」といって、善い行いをすれば善い結果がもたらされ、悪い行いをすれば悪い報いを得る。このような公平で公正な世界であるべきだし、そうあってほしいと思う。しかし、実際の現実世界は、善い行いをしたからといって善い結果が出るわけではないし、悪事を重ねている人間が好運な人生を送っているなんてことも多々あるのだ。

現実の世界は、公正さを欠くどころか、不公正であふれている。

「なぜ、善良な人が不幸にみまわれるのか？」

清く正しく美しく生きていて、疚しいことが何ひとつないような人にも、ある日突然不幸や災難が訪れることがある。人生は「不可解」だ。そして不条理である。

「ヨブ記」の中の言葉にあるように、

「神のすることは人間にとって不可解であり、これからも不可解であり続ける」

「私たち人間がいかに努力しても、神の本心を見抜くことはできない」

人生は不可解であり、不条理であり、理不尽である。物事が思い通りに運ぶこともあるけれど、思い通りにならないことの方が圧倒的に多いのが人生だ。運命のいたずらで不本意な人生を歩まなければならないことがたくさんある。真面目に正直に善良に生きているのに、思い当たる節のないひどい仕打ちに遭うことや、怒りたくなるような理不尽な出来事に遭遇することもある。しかし、私たち人間がその理由を問うことは決してできない。その理由は「神のみぞ知る」ことなのだ。どんなに理不尽で不条理な災難に見舞われようと、最後まで神への信心と希望を失わなかったヨブは、最後には神から祝福され天寿をまっとうした。

人生は「不可解」であり「不条理」であり「理不尽」だ。そのことに私たちは煩悶する。「なぜ?」と問うても、答えは決して与えられない。だからこそ不可解なのである。イスラム教の祈りの言葉に「インシャ・アラー」というのがあるが、これは「神が望むなら」

という意味だ。私たち人間には神の御心（本心）を知ることはできない。できることは、神を信じて（神という言葉に抵抗があるなら、「天」と言っていい）この不条理に向き合って生きていくことだけなのである。

人生不可解

「不可解」といえば、ある言葉を思い出す。藤村操《みさお》の「巌頭《がんとう》の感《かん》」である。私は学生時代に藤村操のことを知り、衝撃を受けたと同時に、ある種の憧憬の思いを抱いた時期があった。

以下、「日本人名大辞典」による「藤村操」の解説。

「一八八六―一九〇三　明治時代の哲学青年。

明治十九年七月生まれ。那珂通世《なかみちよ》の甥《おい》。一高在学中の明治三十六年五月二十二日、日光華厳《けごん》の滝上の楢《なら》の木の幹に『巌頭《がんとう》之感』という一文をしるして投身自殺した。十八歳。その死は社会に衝撃をあたえた。東京出身」

「巌頭之感」というのは、華厳の滝近くの楢《なら》の大木の幹にナイフで削って書きつけられた言葉で、全文は次の通りである。

悠々たる哉天壌《てんじょう》。遼々《りょうりょう》たる哉古今《かな》。五尺の小躯を以て此大をはからむとす。ホレーショの哲学竟に何等のオーソリチーを価するものぞ。万有の真相は唯一言にして悉す。曰く「不可解」。我この恨《うらみ》を懐いて煩悶終《つい》に死を決するに至る。既に巌頭に立つに及んで、胸中何等の不安あるなし。始めて知る、大なる悲観は大なる楽観に一致するを。

彼が自殺を図ったのは当時の時代背景や彼自身の深い哲学的な思索などさまざまな要因があるのだが、ここでは深く立ち入らないことにする（ちなみに藤村操は夏目漱石の教え子（英語の受講生）で、漱石自身、彼の死に衝撃を受けている）。

藤村操が残した「万有の真相は唯一言にして悉す。曰く『不可解』。我この恨を懐いて煩悶終に死を決するに至る」という言葉に注目したい。つまり、「人生は不可解である。ゆえに死を決した」ということだ。

私自身この「人生は不可解である」という現実に日々うつうつと煩悶した時期があり、彼の言葉に深く共感していた。しかし、今そんな昔の自分に堂々と反論する自分がいる。

確かに、人生というのは、不可解なことばかりである。不条理なことが身に降りかかることもある。物事が思い通りに運ぶこともまれにはあるけれども、人生というのは思い通りにならないことの方が圧倒的に多い。運命のいたずらで不本意な人生を歩まなければならないこともあるだろうし、「えっ、なんで自分がこんな目に遭うの？」と思うようなことも起こる。しかし、その理由を問うことは私たち人間にはできない。生死を分けるような大きな出来事から、日常の些細な出来事まで、私たちの人生というのは、本当に「不可解」であり「不条理」であり「理不尽」なのである。

人生は「不可解であり、不条理であり、理不尽である」……だから生きるに値しないと言って死を選ぶ。そういう選択もあるかもしれないが、一方で人生は「不可解であり、不条理である」……だからこそ、生きてみる価値がある、と考えることもできるのではないだろうか。

かつて京都で座禅会に参加した時、僧侶の方の法話で、「いろいろなことがあるけれど、人生とはそういうもんだと思って生きていってください」と言われていたのが印象に残っている。単純な言葉であるが、本当にそういうもんだと思う。

「人生は、不可解、不条理……そういうもんだ」

そう覚悟を決めると、生きるのが少しは楽になるし、考え方次第では、だったら生ききってみようかという勇気も湧いてくるのではないだろうか。フランス語でいうなら、セ・ラ・ヴィ（C'est la vie）「これぞ人生」といったところか。

「世の中は食うて糞して寝て起きて、さてその後は死ぬばかりなり」

品のない言葉と思われるかもしれないが、これは「一休」の言葉である。「一休」といえば、テレビアニメの「とんちの一休さん」を思い浮かべるかもしれないが、もともとは名を一休宗純《いっきゅうそうじゅん》といい、室町時代の臨済宗の僧侶。天皇の血を引くと言われているが、権力と仏教の形式的な戒律を嫌って、自由奔放に仏法を説いてまわる中で、世の中を風刺するような言葉や奇抜な言動で世に知られるようになった。そんなことから「とんちの一休さん」としてテレビアニメになったわけだが、アニメの「一休さん」は一休宗純とは無関係で、物語の内容もすべて作り話である。

「世の中は食うて糞して寝て起きて、さてその後は死ぬばかりなり」

ずいぶんと乱暴な突き放した言葉だが、人生なんてそんなもんだ、と最近思うようになった。また、そう考えると生きるのがずいぶんと楽になる。ただ、若い頃の自分だったらこう考えていたことだろう。

「人生はそれだけじゃない。人はパンのみに生きるにあらず。ただ生きる（存在する）だけでは人生に意味はない。人生には人それぞれ目的なり使命があって、その目的や使命を達成するために自己実現していかなければならない。生き甲斐を持って生きねばならない。いつまでも自分を成長させ、人生を成功させるためにひたすら努力しなければならない」

モチベーションを高めるために古今東西の自己啓発本を読み漁っては、そこに書かれていることに刺激され、挫折と実践を繰り返しながらも自分を磨こうと努めてきた。「〜すべき」だとか「〜であるべき」という命題が常に自分の頭の中にあって、その通りにできないと、「ダメだ、このままでは」と自分を鼓舞していた。自分の理想の姿というのがあって、それを実現させるために頑張るのだけれど、現実の自分とのギャップに苦しむ。そんなことの繰り返しだったような気がする。

若い頃というのは、自分の可能性を信じて、その可能性を広げていこうとする。しかし年齢を重ねるごとに、可能性は狭められ、可能性を少しずつ捨てていくという作業が必要になってくる。

若い頃は、時間の使い方に対してものすごく神経質になっていた。例えば休日をボーッと過ごしてしまったり、余暇にダラダラしたり、朝寝坊をしてしまったりすると、「時間を無駄にしてしまった」と悔やみ、そして焦燥感に駆られたりするのだった。

しかし、いつの頃からか、そんな気持ちはさらさら消え失せていった。

作家の深沢七郎氏が一休と同じようなことを言っている。

「人間は食べて、ヒッて、寝ればいいのです」（『人間滅亡的人生案内』）

「ヒッて」というのは、「排泄して」という意味。つまり、人間なんて食べて、糞して、寝れれば、それだけで十分だということ。

こんなことを書くのはためらわれるが、世の中には病気でものを食べられない人、貧しくて食べられない人、排泄が困難な人、不眠症で苦しんでいる人がたくさんいることを考えれば、食べて出して眠ることができれば、むしろ幸福な人生だと言えるのである。

三年前に、妻がうつ病を患って以来、「食べて、ヒッて、寝てるだけ」の生活が続いている。外出は月に一回病院に行く時だけ。しかもひとりでは行けないから夫の私が同伴している。それ以外はまったく外に出られない。一日中家に閉じこもって毎日うつうつと暮らしている。摂食障害や便秘や不眠症で「食べて、ヒッて、寝る」ことも薬の力を借りなければ困難な時がある。うつ病を発症する前は、家にいることは少なく、いろいろな団体の活動に参加したり、旅行をしたり、飲み会に行ったり、ジムに通ったり、外出ばかりしていた人だけに、以前の生活と今の生活のギャップがあまりに激しいのだが、それでも「人間は、食べて、ヒッて、寝ればいいのです」と言われると、「ああ、それでいいのだな」と安堵するのである。

神谷美恵子の名著『生きがいについて』の冒頭の文を思い出す。

平穏無事なくらしにめぐまれている者にとっては思い浮かべることさえむつかしいかも知れないが、世のなかには、毎朝目がさめるとその目ざめるということがおそろしくてたまらないひとがあちこちにいる。ああ今日もまた一日を生きて行かなければならないのだという考えに打ちのめされ、起き出す力も出て来ないひとたちである。耐えがたい苦しみや悲しみ、身の切られるような孤独とさびしさ、はてしもない虚無と倦怠。そうしたもののなかで、どうして生きて行かなければならないのだろうか、なんのために、と彼らはいくたびも自問せずにいられない。

神谷美恵子はハンセン病患者への奉仕に生涯を捧げた精神科医だ。また自身も当時、死病とされていた結核に罹患し厳しい闘病生活を送っていた。だから冒頭の言葉は彼女の身近な人々、あるいは自分自身の経験から導き出された言葉に他ならない。

朝目覚めた時、その日の仕事のことを思い憂鬱になることもあるだろう。嫌な人に会わなければならないことを不快に思うこともあるだろう。体調が悪くてつらいこともあるだろう。重要な案件をかかえていてうまくいくか不安に思うこともあるだろう。しかし、だからといって「目ざめるのがおそろしくてたまらない」ほどではないはずだ。「今日もまた一日を生きていかなければならない」ということに打ちのめされるほどではないはずだ。

神谷美恵子の言葉は続く。

たとえば治りにくい病気にかかっているひと、最愛の者をうしなったひと、自分のすべてを賭けた仕事や理想に挫折したひと、罪を犯した自分をもてあましているひと、ひとり人生の裏通りを歩いているようなひとなど。

いったい私たちの毎日の生活を生きるかいあるように感じさせているものは何であろうか。ひとたび生きがいをうしなったら、どんなふうにしてまた新しい生きがいを見いだすのだろうか。

私たちが充実した人生を送るためには「生きがい」というものが必要だ。最近は「そのままのあなたでいい」とか「ただ生きているだけでいい」とか言われることが多い。確かに、どんな人間であろうと、どんな状況であろうと、ただ生きている、そのこと自体に価値があるのは事実だ。しかし、私たち人間は「ただ生きている」ということに耐えられないという側面もある。ただ生存しているだけでなく、そこに「生きがい」というものを求めて生きていくことがどうしても必要なのである。

しかし、それでもあえて言わせてもらえば、一休の言うように「世の中は食うて糞して寝て起きて、さてその後は死ぬばかりなり」と割り切ってしまえば、別にたいそうな生きがいなんてなくても、または、人生の目的なんてものがなくても、十分生きていくことができるのである。

幸せになる薬

以前ラジオを聞いていたら、「忘れてしまった記憶を回復する薬」が東京大学、京都大学、北海道大学などの共同チームで開発され、世界で初めて実験に成功したというニュースが耳に入ってきた。これは認知症やアルツハイマーなどの治療にとって朗報である。事故で記憶喪失になった人にも適応できるのかもしれない。詳しいことはわからないが、脳内の記憶を司る神経細胞を活性化するような働きをするのであろう。最近の医学・医療は日進月歩の勢いで進歩しているので、このような薬が実用化される日もそう遠くはないことだろう。

解熱剤や鎮痛剤や降圧剤などが、人間の肉体に作用する薬である一方で、記憶を回復する薬は、脳に作用する薬と言える。肉体や脳に作用する薬があるのだったら、人間の心に作用する薬というのも、これからどんどん開発されていくのではないだろうか。心療内科や精神科を受診すれば、症状に合った精神安定剤や抗うつ剤や抗不安剤のような薬を処方される。さらに、最近では、ＡＤＨＤ（注意欠陥多動性障害）や自閉症スペクトラム障害やアスペルガー症候群や統合失調症などに対しても薬物療法が施されることが一般的になっている。これらはみんな人間の「心」に作用する薬だといえる。つまり「心や精神に効く薬」が可能だということだ。「心の病を治療する薬」である。

心の病といえば「うつ病」だ。人それぞれだが、うつ病の患者には「抗うつ剤」や「抗不安剤」が処方される。この薬がうまく効くと、気分が晴れて、前向きに生きていこうと思えるようになる。もちろん副作用もある。しかし、それまでうつに悩んで、生きる気力を失って、死にたいなんて思っていた人が、薬のおかげで精神が安定し、なんとか生きていこうという気持ちになるのだから素晴らしい薬の効用だと言える。

うつ病とまではいかないまでも、苦しみや悲しみや心配を消し去ることができるような薬も開発されるかもしれない。死にたいほどに落ち込んだり、大きなストレスを感じた時に、その薬をのめば、ストレスや悩み事が解消されるのであれば、そして肉体的な副作用があまりないのだとすれば、人はそのような薬を利用してみたくなるのでないだろうか。

悲しみを軽減する薬があったら、私たちはそれを喜んで服用するだろうか？　苦悩が癒やされる薬があったら、ためらわず服用するだろうか？　憂いがなくなる薬があったら？

怒りがおさまる薬があったら？

状況にもよるだろうが、そのような悲しみや苦しみがあったとして、それらを薬の力で一気に消すことができるとしても、私たちは普通そうしようとは思わないのではないだろうか。

極端な例だが、大切な人を失って、悲嘆に暮れてパニック状態になっている人がいたとする。そんな時に、悲しみを癒やす薬が処方される。そうすると、悲しみや苦しみが消え失せ、多少なりとも快活な気分になれる。

そんな薬があったらどれだけ生きることが楽になることだろう。しかし、私たちはそのような薬を望んで服用するだろうか。悲しいことや苦しいことや悩みのない人生を送りたいと思う。そして、楽しいことや嬉しいことや快いことが続く人生を送りたいと思う。でも、だからといって、いざ悲しみや苦しみに襲われた時に、薬の力を借りて悲しみや苦しみを簡単に消し去ってしまいたいとは思わないのではないだろうか。

悲しい時には悲しめばいい。苦しい時には苦しむしかない。悲しみや苦しみで私たちの心は痛む。しかし、それらは本来は治療すべきものではなく、しっかりと受け止め、時には深く味わって、自身の力で乗り越えていくべきものなのではないだろうか。

そう思えるようなれば、悲しみや苦しみに寄り添って、それらとうまく付き合っていく力が湧くはずである。そして、「悲しむ力」によって、私たちの人間性が成長する。そんな気がする。

妻のうつ病

もう三年以上もの間、妻がうつ病を患っている。実は十年ほど前にもうつ病に罹ったことがあったのだが、その時は症状は重かったものの半年ほどでおさまっていたので、三年前に発症した時も、今回もそのくらいで治るだろうと思っていたら、治る兆候すら示さないまま、いつの間にか一年がたち二年がたち、そして三年以上がたってしまった。現在、一か月に一度精神科の病院に通っている。自分ひとりでは外出できないので、私が車で送迎して診察にも同伴している。診察といっても具体的な治療を施すわけでもカウンセリングをするわけでもなく、ただ医師から最近の様子を尋ねられ、彼女がそれに答える。そして薬を処方してもらって帰る。その繰り返しである。もう三年以上も通っているのだが、なんら進展は見られないままである。

発症の当初は、どちらかというと統合失調症ではないかと思われるような言動が見受けられ、また希死念慮も強かったことから、ひとりにさせておくのが心配な状態だったが、薬の効用か、それとも時間の経過がそうさせているのか、激しく精神が不安定になることはなく、比較的落ち着いた生活を送っている。しかし、決して安心できる状態ではないので、一緒に暮らす者としても、気が抜けない毎日である。

うつ病の症状のひとつに「抑うつ気分」がある。抑うつというと気分が沈むということであるが、気分が沈むだけだったら、普通の健常者であっても時々は経験することであろう。しかし、どうもうつ病の人の「抑うつ気分」というのはそんな生易しいものではないようである。妻の様子を見ていてつくづくそう思う。ふだんめったに感じたことのないほどうっとうしい、何とも言えない不快で嫌な気分が襲いかかってくる。そして、そんな形容しがたい嫌な気分が一日中、毎日続くのである。

もうひとつの症状として「興味や喜びの喪失」がある。好きだったことを含めて、ほぼすべてのことに対する興味を失ってしまう。気持ちが晴れるということがまったくなく、何をしても楽しいと思えず、何を食べても美味しいと思えない。だから食べるということに対して興味が持てない。

他にも精神的な症状として、思考力や決断力が低下してしまって、いつもなら普通に決められていたことが決められなくなってしまう。例えば、毎日の食事で何を食べるか、そのために何を買えばいいか、そういう些細なことが決められないのである。

カウンセリングの手法のひとつに自分のつらく苦しい状況を言語化するという方法がある。つまり、自分を客観視することによって自分を冷静に見つめ直していくというものだ。しかし、実際にうつ病に罹った妻を見ていると、それすらできないから苦しいのだ思う。言葉で形容することができない、得体のしれない不安感と恐怖感。そういう気分に襲われるようである。痛みというのはどこまでも個人的なものなので、他人の痛みは想像することはできても共有することは絶対にできない。それでも、肉体の痛みであれば誰でもそれなりの経験があることなので、共有はできないまでも、想像することによって気持ちを共にすることはできる。しかし、心の痛みとなると難しい。まして本人ですら説明できないような嫌な気分を第三者が想像してあげることは至極困難である。だから一緒に暮らしていると、こちらも苦しくなる。「助けて」と言われても何もしてあげることができない。そんな無力感に苛まれるのである。

うつ病になる前は、化粧品会社のアシスタントのような活動をしていて、高齢者向けの化粧のアドバイザーをしていたのだが、今では自分の化粧すらまったくしない。また、発病する直前まで、山ガール（山バーバ？）デビューとか言ってプチ登山を楽しんでいたり、ロードバイクにまたがって近場のツーリングに出かけたりしていたが、今では毎日家の中でゴロゴロしているので、筋肉がほとんど落ちてしまっている。以前はファッションにも興味があって、クローゼットには流行の服が所狭しと吊るされているが、今では何日も同じ部屋着のまま過ごしている。他にもあげたらきりがない。

うつ病はこうも人間（人格）を変えてしまうものなのかと唖然とするばかりである。

うつ病のことは知識としてはある程度のことはわかっているつもりだし、理解しようという気持ちもある。しかし、三年以上妻のうつ病と付き合ってきて思うことは、うつ病を頭で理解することはできるけれど、うつ病という病に心から共感することがどうしてもできないということである。もしかしたら、私はそれを避けているのではないかと思うこともある。共感性疲労という言葉あるが、あまりに相手の悲しみや苦しみに共感しすぎると、そのことに疲れてしまい、自らも心を病んでしまうことがある。心を病むという意味では、私はその方面のキャリアがあるので、自分がそうならないために無意識に妻のうつ病とは距離をとっているのかもしれない。でも、そう考えると、自分がいかにも薄情で無慈悲な人間に思えてくる。

しかし、いくら不憫に思えても、ただ手をこまねいたまま寄り添って見ていることしかできないのである。夫として自分が変えられることなど、ごくわずかでしかないということを思い知らされ続けている。うつ病で苦しんでいる心を癒やす特効薬はないし、回復を期待しつつも、それなりの時間と精神的なエネルギーを要するだろうことを思えば、「その時」をただひたすら待つしかないのかもしれない。よけいなことはせず、ただ見守り続ける。しかし、それは易しいことではない。そして苦しい。

還暦を過ぎて、長年苦しめられてきた持病の心臓の手術も済ませ、さあこれから第二の人生だなどと思っていた矢先の妻のうつ病の発症である。人生どこで何が起こるかわかったものではない。

目に見ゆる望みは望みにあらず

回復の兆しがなかなか見えない。もっと悲観的な言い方をすると、希望が見えない。これは本人も同じだと思う。うつ病の人というのは、自分がいつかは治るだろうとは思えない。だから抑うつした気分になるのである。

私たちは希望があるからこそ、それを信じることで生きる力が湧いてくる。希望が見えないことで、私たちは不安になり、恐怖を感じ、耐える力を失う。私は心臓の手術を二回したが、手術に際しては、治るという望みがあるからこそ、術前、術後の苦しさにも耐えることができたのだと思う。「希望」は私たちに「耐える力」を与えてくれる。では「望み」の見えない時には、私たちは生きる力を得ることができないのだろうか。

聖書の中の言葉を思い出す。

「眼に見ゆる望《のぞみ》は望にあらず」（ロマ人への書　第8章）

目に見える望み（希望）は望み（希望）ではないという意味だ。これは非常に厳しい言葉であるが、より深く考えるとその通りだと納得するのである。

前後の文は次の通り。

「我らは望《のぞみ》によりて救はれたり。眼に見ゆる望は望にあらず、人その見るところをいかでなほ望まんや。我等もし其の見ぬところを望まば、忍耐をもて之を待たん」

（私たちは、望みによって救われるのです。眼に見える望みは望みではありません。誰でも目で見ていることを、どうしてさらに望むでしょう。もしもまだ見えていないものを望むなら、私たちは、忍耐をもってそれを待ちます）

希望がもし目に見えるのなら、それは希望なんかではない。なぜなら、それは目に見える（現実にある）のだから。本当の希望というのは、まだ目に見えないところのものを信じて、ただそれが目に見えるようになるまで忍耐をもってひたすら待ち続けることをいう、という意味に解釈できる。

「眼に見ゆる望は望にあらず」

この言葉は、希望が見えない今だからこそ、逆に勇気と生きる力を与えてくれる。

チャップリンの名言に「人生はクローズアップで見ると悲劇だが、ロングショットで見ると喜劇だ」という言葉がある。うなずける言葉である。困難や災難という現実にあまりに近づきすぎてクローズアップで見ていると苦しくなるが、離れたところからロングショットで、あるいは長い目で見ることができれば、困難や災難はなくならないまでも、少しは小さく見えるようになるのではないだろうか（ただ、そう思える時が来ればの話だが）。

六十年以上も生きていると思い当たることがけっこうある。過去のある時に、人生の一大事のような出来事や、いのちに関わるような危険な体験や、解決困難と思われるような悩み事を抱えていたことがあったけれど、今になって振り返ると「笑い話」として話せたり、はたまた「武勇伝」として誇らしげに話せるようになっていることが少なからずあるのだ。

困難や災難に見舞われて悲嘆に暮れる時がある。悲劇的な状況の中にいる時というのは、なかなか前向きな気持ちになれず、考え方も悲観的になりがちである。「もうダメだ」「どうしよう」「どうなっちゃうだろう」と思い悩んで、立ちすくんでしまう。そんな時が人生には何度かある。

そんな時「いつかは笑い話になる」と思って、なんとかその場を乗り切っていきたいものだ。そうはいっても現実的には、そんなふうに気持ちを切り替えて楽観的になることは難しい。そうやって意図的にポジティブ思考を持とうとするのは心に無理がかかるから、かえってよくないかもしれない。

でも、もともと生きていくということは、苦しくて悲しいことだと思い定める必要がある。今まで書いてきた通り、私はもともとがネガティブ思考の人間で、物心ついた頃から厭世的に生きてきた。もともと「人生を楽しもう」という発想があまりない。生きていくことは「苦」だというのが大前提にある。だから、生きていて何か少しでもいいことがあると、得した気分になって、「もうけた！」「ラッキー！」と思う。

今まで生きてきて、その時は悲劇だったようなことでも、今思い出せば「笑い話」になっているようなことがほとんどである。だから、「いつか笑い話になる」と、その「いつか」を我慢して待つのではなく、今すぐに笑い飛ばしてしまえばいい。どうせ「いつか笑い話」になるようなことなら、今日実践できないことはないはずだ。半分は強がりでそう思う。

サン・テグジュペリの『夜間飛行』の中にこんな言葉がある。

「ロビノー君、人生には解決法なんかないのだよ。人生にあるのは、前進中の力だけなんだ。その力を造り出さなければいけない。それさえあれば解決法なんか、ひとりでに見つかるのだ」

（『夜間飛行』新潮文庫）

確かにその通りだと思う。今までの人生の中で、いろいろな問題や災難に見舞われたことがあったが、その時に具体的な解決方法があってそれらを乗り越えてきたというよりは、解決方法なんかないまま、とりあえずは前に進むことで、自然といつの間にか解決していった。そんなことが多かったような気がする。いや、もともと解決なんかしなかった。解決はしないまでも、問題が解消していったと言った方が正しいのかもしれない。

四苦八苦

「四苦八苦」という言葉がある。もともとは仏教用語だ。四つの「苦」。ただし、仏陀の説く「苦」とは、いわゆる「苦しみ」ではなく、「思い通りにならないこと」という意味だ（サンスクリット語では「ドゥッカ」というらしい）。

「四つの苦」とは「生」「老」「病」「死」。

「生《しょう》」

生まれることと生きること。どこに、いつ、どのような人間に生まれるかは自分の思い通りにならない。生きることも思い通りにならないことばかりだ。私は自分が生まれたことを憎んだ時期があったが、いろいろな人と出会い、いろいろなことを経験していく中で、生まれたことに感謝し、生きることの歓びを感じるようになっていった。生きていくということは思い通りにならないことの連続である。しかし、その中でもひとつまみの砂金を手に入れるような時も決して少なくない。

「老《ろう》」

老いること。これればかりはどう抗ったところでどうしようもない。最近は「老い」がブームでもある。本屋には「老い」をテーマにした本のコーナーや棚があって、私も興味本位で何冊も読んでいる。アンチエイジングなどといって無駄な抵抗をするよりも、素直に老いを受け入れて、老いを味わって生きていく方が趣があっていい。

「病《びょう》」

今までいろいろな病気をしてきた。ほとんどすべての「科」にお世話になった。内科、循環器科、消化器科、整形外科、脳神経外科、泌尿器科、肛門科、皮膚科、耳鼻咽喉科、麻酔科……。「眼科」だけは行ったことがなかったが、先日あまりに視力が低下しているのと、飛蚊症の症状がひどくて眼科を初めて受診した。入院は八回、手術は小さなものから大手術まで五回。これから老いが進むと、さらなる病に見舞われるかもしれないが、病気になったことで学んだこと、病に罹らなければ気づかなかったこともたくさんある。

「死《し》」

これは一〇〇%の確率で遅かれ早かれ誰にでもやってくる。私は子どもの頃からけっこう「死」については考えてきたし、死を意識したことも何度もあるので、ある意味とても身近な存在でもある。それでもやはり死は恐怖である。しかし、人間は他者の死は経験することができるが、自分の死は経験することができない。誰も経験したことがないのだからある意味恐れる必要もないのかもしれない。

「生・老・病・死」で「四苦」。そして、他の四つの「苦」とは……。

「愛別離苦《あいべつりく》」

愛する人や身近な人と別れなければならない苦しみ。若い時にも「別れ」はいろいろな形で経験するが、年をとってくるとそれに「死別」が加わることが多くなる。自分が先に死ぬのは、死んでしまうのだから苦しみもないだろうが、それでも死ぬ前には、残された人たちのことを考えると心が苦しくなる。逆に自分だけが残されて、愛する人に先に逝かれる苦しみと悲しみを想像すると、自分が果たしてそれに堪えることができるか不安である。

「怨憎会苦《おんぞうえく》」

怨み憎らしい人と会ったり一緒にいなければならない苦しみ。人によっては、これは地獄の苦しみなのだろうが、幸い、私には怨む人も憎らしい人もまったくいないので、この苦しみは免除されている。

「求不得苦《ぐふとくく》」

求めるものが得られない苦しみ。「求めるもの」というのは物や財産に限らず、例えば「名誉」だとか「名声」だとか「承認」だとか「他者からの愛情」だとか、そんなものも含まれるのだろう。誰しも承認欲求というのがあって、それが得られないで苦しんでいる人は多い。欲が深くて、あれも欲しいこれも欲しいと思っている人にとっては、この「求不得苦」は大きな苦しみであろう。幸い、私は若い頃から仏教を学んできたおかげで、その教えのひとつである「小欲知足《しょうよくちそく》」（欲を少なくし、足ることを知る）を心がけてきたので、この苦しみからも免れているといえる。「欲」というものがあまりない。欲しいものもないし、やりたいこともないし、旅行したいところも別にない。「起きて半畳、寝て一畳」とまではいかないが、安心して眠れる場所と、空腹を満たすだけの食事と、暇をつぶすだけの本があれば十分に満たされて生きていける。

「五蘊盛苦《ごうんじょうく》」

これはちょっと説明が難しい。五蘊というのは、人間の心身を構成する五つの要素（身体機能、感覚、意識、心の作用、記憶）で、それらの執着が盛んで、その執着ゆえに苦しみが生じるということのようだ。例えば、外からの刺激に対する感覚が鋭すぎて苦しくなったり、見たものや聞いたことに対して心が過剰に反応してしまったり、判断を誤って間違った行動をとってしまったり、トラウマになっている過去の記憶に苦しめられたり……。これも人によっては「苦」であるかもしれないが、幸い私にとっては、さほど苦にはなっていない気がする。

ということで、人生に四苦八苦しながらも、なんとか今まで生きてきたし、これからも何とか生きていくことだろう。

思い通りにならないからおもしろい

以前『一〇三歳になってわかったこと』という本がベストセラーになった。著者は百歳を超えても現役で活動されていた美術家の篠田桃紅氏（現在は故人）。水墨による独創的な抽象画を描き、世界を舞台に活躍されていた。

ある日、たまたまテレビを見ていたら、彼女がある番組に出演し、インタビューに応じている場面があった。その時インタビュアーの質問に答えた時の彼女の言葉が印象に残っている。正確な言葉は覚えていないが、こんな質問だった。

「百三歳になるまで元気に活動を続けてこられたのはどうしてだと思いますか？」

それに対する篠田氏の答えが意外なものだったのである。

「思い通りにならないことがたくさんあるからじゃないですか。何でも思い通りにできたら人生おもしろくないじゃないですか」

私たちは普通、人生が思い通りになることを願う。何でも思い通りになったらどんなに幸せな人生だろうと思う。思い通りにならないことは「苦」である。病気になること、老いること、不慮の事故や災難に遭うこと、愛する人と別れること、人間関係で揉めること、仕事がうまくいかないこと……。人生は思い通りにならないことの連続だ。なんでも自分の思い通りになったらどんなに素晴らしいことだろうと思う。

しかし、では、いざアラジンの魔法のランプがいくつもあって、なんでもかんでもすべてが自分の思い通りに願いが叶って、なんの苦労も、なんの努力も必要のない人生が与えられたとして、さて、私たちはそれを果たして素直に喜ぶことができるだろうか。

人間は、思い通りになる人生を願いつつ、一方で思い通りにならないことと向き合い、それを乗り越えていくことで成長していく。そしてそこに人生の意義と価値というものがあるのではないだろうか。

人がゲームに夢中になるのは、ゲームの内容そのものが「思い通りにならない」からだろう。なんとかクリアーしようと四苦八苦することに喜びと快感を感じているのではないだろうか。篠田氏の言うように何でも思い通りにクリアーできたらおもしろくないはずだ。人生もそんなふうに考えたらいい。

ずいぶん昔のことだが『トワイライト・ゾーン』という短編映画があった。

残酷な犯罪者が主人公なのだが、彼は逃走中に殺されてしまう。殺された後、彼のところに天使がやってきて、彼をあるところに連れて行く。天使は、彼のあらゆる願いを叶えるために送られてきたのだと告げる。犯罪者である自分が、そのような「天国」のような場所に送られることが信じられないのだが、すぐに自分に巡ってきた幸運を受け入れて、次から次へと自分の願いを天使に伝えていく。すると、彼の願いはすべて叶えられ、すべてが彼の思い通りになっていく。お金、食べ物、美しい女性、高級車、すべてが与えられ、これ以上は望み得ない生活を送ることができる。ところが、彼はある頃から、何でも思い通りになるその生活に、喜びを見出せなくなる。退屈でたまらないのである。そこで彼は、やりがいのある仕事がほしいと天使に訴える。すると天使は、この場所ではほしいものを何でも与えられるが、ほしいものを手に入れるために働く機会だけは例外だと答える。努力することも挑戦することも何ひとつないまま、この犯罪者はイライラを募らせていく。やがて彼はそんな生活に耐えきれなくなり、その場所を離れて「別の場所」に行きたいと天使に訴える。つまり、この犯罪者は自分が天国にいるものと信じていて、そこが嫌になったので、地獄に行きたいと考えたのだ。するとそこで天使の顔が大映しになっていき、天使の優しい顔が、邪悪な悪魔の顔に変わっていく。そして不気味な笑い声をあげながら天使（悪魔）が彼に言う。

「ここが、その『別の場所』なのだよ」

こうして映画は幕が閉じられる。何でも思い通りになる世界。それは「天国」などではなく「地獄」だったのである。


話はがらっと変わって漫画の話。

「これでいいのだ！」

ご存じ「天才バカボンのパパ」がよく口にしていた言葉だ。口癖のようにいつも言っていた。「天才バカボン」は奇想天外なギャグ漫画だ。バカボンやバカボンのパパの身の回りでいろいろな失敗があったり、事件が起きたり、災難が訪れたりするわけだが、それでも最後に「これでいいのだ！」とバカボンのパパが締めくくって終わる。そんな物語が多かった。

バカボンのパパにならって、どんなことがあっても「これでいいのだ！」と言えるようになりたいものだ。これは究極のポジティブ思考である。楽観主義の極致だ。裏を返せば、積極的な諦念とも言える。といっても、単なる「あきらめ」ではない。「あきらめる」というのはもともとは「明らかなることをきわめる」という仏教用語からきている言葉だと聞いたことがある。

「生《しょう》をあきらめ（明らめ）死をあきらむる（明らむる）は仏家一大事の因縁なり……」

曹洞宗の経典「修証義《しゅしょうぎ》」の最初の言葉である。これは、生きることや死ぬことをあきらめる（放棄する）という意味ではない。生きることや死ぬことの意義を明らかにきわめるという意味である。

人生は思い通りにはならない。自分の都合のいいように事は進まない。苦しいことやつらいことや悲しいことがたくさんある。「なんで自分がこんな目に遭わなければいけないんだ！」なんて思うことはいくらでもある。理不尽なこと、不条理なこと、道理に合わないことは、誰もが経験することである。しかし、そんな時にも、「これでいいのだ！」と現実を肯定して前に進んでいく。消極的にあきらめるのではなく、積極的に究《きわ》める。自分の身に降りかかることは、なんでも「絶対不可欠」「絶対必然」「絶対必要」そして「絶対最善」と思い定めることができれば、生きるのが少し楽に、そして楽しくなるのではないだろうか。難しいことではあるが、考え方のひとつとして試してみる価値はあると思う。前にも書いたように「生きてみなければわからない」のだから。

中学時代のことについてはすでに書いたようにいい思い出がない。ただ、たったひとつ印象に残っていることがある。それは、「公民」の授業だ。といっても公民の授業そのものではない。授業を担当していた講師の落合先生の「脱線」が印象に残っているのだ。

落合先生の授業ではほぼ毎回といっていいほど「松下幸之助」が話題にのぼる。松下幸之助がこんなことを言っている、とか、松下幸之助はこんなことをした、とか、松下幸之助はこんなふうに生きた、とか。落合先生は松下幸之助をよほど尊敬していたらしく、松下幸之助の言葉や彼の業績について話しながら、そこから得た人生観や人生訓を、たいした人生経験のない中学生の私たちに対してとくとくと語っていたのである。

どんな内容の話だったかはすっかり忘れてしまったが、松下幸之助の思想がいかに素晴らしいか。信念を持って生きることがいかに大切か。そういったことが落合先生の熱弁を通して伝わってきた。

今でこそ世界を代表する企業である「パナソニック」の前身である「松下電器」。その松下電器を一代で創業した松下幸之助は、私が中学生の頃にはすでに現役を引退していたが、すでに『道をひらく』など多くの著書を著していた。街中には「松下電器」の看板や「National」のロゴが至るところにあったのを思い出す。

落合先生は、松下幸之助の著書の中の言葉を引き合いに出しながら、人間の働き方とか生き方について、授業の合間の脱線として、私たちに熱心に語りかけていた。他の生徒は「また始まった……」みたいな感じで退屈している様子だったが、私はなぜか落合先生のその脱線の時間が好きだった。

ちなみに『道をひらく』は累計発行部数五百五十万部を超え、現在ビジネス書発行部数日本一の本である。私の数ある愛読書のひとつでもある。「ＰＨＰ」という名称の出版社があるが、その「ＰＨＰ」（正しくはＰＨＰ研究所）の事業を立ち上げたのも松下幸之助である。

落合先生の影響というわけではないが、私も社会人になってから、松下幸之助を敬愛するようになり、彼の著書を読み耽り、講演録のＣＤなどを聞いては多くのことを学んだ。

松下幸之助の言葉に次のようなものがある。

「いま思えば、運命というものを、自分なりに、あるいは自然のうちに前向きに生かしてきたのではないか……」

松下幸之助はこれ以上ないというほどの「不運の運命」の人だった。裕福な家に生まれたものの、父親は商売（米相場）で失敗をして破産。一家は没落し、幸之助は九歳の時に小学校（四年）を中退し、ひとりで大阪の商人の家（火鉢店）に丁稚奉公に出される。また、体が弱く、若くして肺病に罹り、五十歳くらいまで寝たり起きたりの生活を余儀なくされていた。さらに七人の兄弟が次々に亡くなり、二十六歳の時には天涯孤独になっている。のちに紆余曲折を経て会社を創業することになるわけだが、戦後はＧＨＱによって「制限会社」に指定され、公職追放の処分も受けている。

これらは決して「いい運命」とは言いがたい。しかし、松下幸之助はそんな自分の運命を「自分なりに、あるいは自然のうちに前向きに生かしてきた」と言っている。

さらには「自分には運が良かったと思うことが三つある」と言っている。その三つとは「家が貧しかったこと」「学歴がないこと」「病弱だったこと」の三つだ。普通に考えたらこれらは「運が悪かった」ことである。それを幸之助は「運がよかった」と言っているのである。なぜか？

「家が貧しくて財産がなかったために丁稚奉公に出て、幼いうちから身をもって商売を学ぶことができた」
「学問や学歴がなかったために、社員がみんな自分より偉く見えて、素直に教えを乞うことができたし、そのことによって多くの人の知恵を集めて経営をすることができた」
「健康面ですぐれなかったために、自分であれこれやりたいと思ってもできないから、しかるべき人たちに思い切って仕事を任せたところ、任された方も、責任感をもって懸命に仕事に取り組んでくれた。その結果、自分ひとりではとてもできないような大きな仕事ができた」

……ということだ。

フランスの哲学者アランは言っている。

悪い運命などないから。どんな運命もそれをよいものにしようと欲するならば、よい運命となるのだ。

アランは、もともと悪い運命などというのは存在しないと言っている。自分の考えと心がけ次第でいくらでも運を好転させることができるのである。

ニーチェは「運命への愛（アモール・ファティ／Amor Fati」ということを提唱した。

人生において存在する物事は好ましいものだけでなく、暗黒面とされるような恐ろしいものや邪悪なもの、不気味なものも数多く存在しており、さらにそれらから生じる苦痛も数多く存在する。このようなものに対して、ただ耐えるのみにとどまらず、これらを望ましいものとして愛するべきだというのである。

ニーチェというと「ニヒリズム」の代表のように思われていて、さらには「ニヒリズム」は「虚無主義」などと訳され否定的な印象を与える言葉だが、ニーチェは「生きること」を賛美し、「生」を肯定的に捉えようとした。それが「運命への愛」という言葉に帰着している。

近年「親ガチャ」などという嫌な言葉が巷を飛び交った。子どもの立場から「親を自分では選べない」「どういう境遇に生まれるかはまったくの運任せ」ということを表す言葉のようだが、自分の境遇を自嘲したり、格差社会の犠牲者を気取っているような空気が漂っていて、私としては気に障る言葉だ。その言葉に従えば、私などは最悪の「親ガチャ」だと思うのだが、私は自分のそんな運命を愛している。アモール・ファティだ！

こんなことが言えるようになったのも、古今東西の先人たちから学ぶことができたからである。もちろん松下幸之助もそのひとりだ。

いい思い出のない中学時代だったが、落合先生の脱線が、「生き方」について考える遠因のひとつになっていたとしたら、まんざら悪い中学時代でもなかったのかもしれない。自分の出自や十四歳の頃の出来事を通して、「人はなんで生きるのか」「なんのために生まれてきたのか」ということを考えるようになった経緯を書いたが、同じ十四歳の頃に、「松下幸之助」について知ったことも、それらの問いへの探求につながっていたのだと思うと不思議なめぐりあわせである。

文学、哲学への憧れ

中学時代の落合先生のことについて書いたが、高校時代にも印象に残る先生が二人いた。永島先生と野口先生だ。永島先生は、私が高校三年生の時に英語（英文法）の授業を担当していた。私が通っていた高校は当時、学力が都の標準以下といった学校で、学生の生活態度も決していいものではなかった。授業中も教師に反抗するような生徒がいたり、集団で授業をボイコットするようなこともあった。

英語の授業でも生徒の授業態度は悪く、いつもざわざわしていた。そんな出来の悪い生徒たちを相手に、永島先生は決して怒ったり、説教したりすることもなく、いつも笑顔を絶やすことなく、穏やかな表情と丁寧な言葉遣いで、淡々と授業を進めていた。毎回自作のプリントをたくさん用意して、非常にわかりやすく英文法を教えてくれていた。

私は英語が得意だったので、どちらかというと先生の授業が簡単すぎて、物足りなさを感じることが多かったのだが、先生の丁寧な教え方と自作のプリントのわかりやすさに、ある種の「美しさ」を感じて、そんな先生の授業が好きだった。

それにしても、永島先生はなぜいつもこんなに穏やかで、温厚で、笑顔を絶やさず、誠実に私たちに対応できるのだろう、と私は不思議に思っていた。というのも、実は永島先生は、その頃、大腸がんを患っており、左の腹部に人工肛門をつけて生活なさっていたのである。もちろん授業をやる時もその状態だった。私はいつも座席が一番前だったので、よくわかったのだが、授業中に先生の腹部から異音が聞こえたり、空気が漏れる音が聞こえたりすることがあり、そんな時、先生の表情が一瞬だけ暗くなるのだが、すぐに笑顔を取り戻して何事もなかったかのように授業を進められていた。ただ、時々人工肛門に便が漏れてしまうようなことがあったようで、そんな時、先生は「ちょっと失礼します。しばらく自習していてください」と言って教室を離れることが何度かあった。

その頃、私の母（養母）が家政婦の仕事をしていて、病院に仕事に行くことが多かった。前にも書いたが、家政婦として入院している患者の介護をするという仕事があったのだ。ある日病院で仕事をしている養母に用事があって、病院を訪れたことがあった。その時、偶然に永島先生の姿を見かけたのである。養母が働きに行っていた病院に永島先生は患者として通っていたのである。その時の永島先生の表情は、学校でいつも見ている表情とはまったく違って、非常に悲痛で暗澹たる表情をしていた。正直言って同じ人間の顔とは思えないぐらい違っていたのだ。あまりにつらそうな姿だったので、近寄って挨拶をすることができなかった。これは推測でしかないが、おそらく先生は、自分の病気が不治の病で、余命もそれほど長くはないということを察知していたのではないだろうか。

病院での先生の暗い表情を見て以来、私はそれまでいい加減に受けていた先生の授業を、威儀を正して真剣に受けるようになった。そして、重い病を抱えながら、教室では決して笑顔を絶やさず穏やかに淡々と授業を進められる先生の「心の平静」は、いったいどこから来ているのだろうと思うと、畏れ多い気持ちになるのだった。

私たちが高校を卒業した年の夏、先生の訃報が届いた。先生に教わったことのある何人もの生徒が葬儀に参列し、私も在学時代の先生の面影を思い出しながら葬儀場に行った。その時初めて知ったのだが、先生はクリスチャンだったのだ。私は初めてキリスト教式の葬儀というものに参列した。聖書の一節が読まれ、聖歌が歌われる中、私たちは献花をして弔いの意を表した。弔辞の言葉から、先生は生前、敬虔なカトリック教徒であったことがわかり、私は、先生がいつも心の平静を保たれていた理由《わけ》が、その時納得できたのだった。

もうひとり高校時代に印象に残っている先生は、二、三年生の時の担任で国語を教えていた野口先生だ。野口先生の授業はとにかく厳しかった。出来の悪い私たち生徒は授業についていくのにいつも苦戦していた。さらに先生の出題する試験は難解を極めていて、比較的「国語」が好きだった私でも、三十点とか四十点しか取れなかった。答案を返す時などは、「おまえらなぁ、日本人が日本語わかんなくてどうするんだ……」などと言いながら、私たちが理解できなかったところをさらに深く掘り下げて丁寧に教えてくださっていた。

私は英語の次に好きだった国語のテストで点が取れないのが口惜しくて、とにかく野口先生のテストでいい点を取りたい一心で国語の勉強に熱を入れるようになった。自分の母語（母国語）でもなく、日常生活でもまったく使っていない外国語のテストでいい点がとれるのに、自分が生まれた時から毎日難なく使っている母語である日本語のテストでいい点がとれないのはおかしいという思いもあった。

ただ「国語」って、そもそもどうやって勉強するものなのか。「国語」の中でも「文法」であれば、それなりの勉強方法があるだろう。しかし、評論文や小説などの読解や古文などは、どうしたら効率的に勉強できるのだろうか。教科書を熱心に読むのがいいのだろうか。教科書には設問も課題も明確に表示されていないため、どのような問題意識を持って読めばよいのかわからなかった。さらに、教科書の内容は退屈でおもしろくなかった。そもそも十六歳まで本を読んだことがなかった私にとっては「文を読む」ということ自体が大きな苦痛でもあったのだ。

そこで、私は市販されている「問題集」の問題をひたすら解いていくという方法で勉強をした。そんなことを繰り返しているうちに、「文章を読む」という行為がかつてほど苦ではなくなっていった。しかも難しい内容の文であればあるほど、読む意欲が湧いてきた。読んでもわかないことはわからないのである。でも、その「わからない」ということがなんだか魅力的に思えて、わからないまま読んでいた。

国語の「問題集」の中には、さまざまな評論文や小説が問題文として掲載されている。問題集や参考書に引用されるくらいだから、日本語としては一流の文のはずである。そして、その内容も実に豊かだ。そんな問題集や参考書を読んでいると、印象に残る文や、ふと問題から離れて考えさせられるような文に出会うことがよくある。また、小説の問題では、「美しい日本語だな」と魅了されるような文にも出会う。そんな文に出会うたびに、その文が引用されている、「出典」である原文を読んでみたいという衝動にかられるのである。

そこから私の「本の虫」が始まった。生まれて初めて「本を読む」ようになったのである。今でこそ、読書は私にとって食事や睡眠と同じように欠かすことのできない生活の一部になっているが、十六歳までは本を読んだことがなかったのである。しかし、本を読む楽しさを実感してからは、とにかく暇さえあれば本を読んでいた。受験勉強と同じくらい熱心に読書をしていた。しかし、それが結果的には受験に大いに役立っていたと思う。

とにかくそれまでは本など読んだことがなかったので、どんな本を読めばいいのかわからなかった。私が最初に夢中になったのは、井上靖の小説だった。井上靖の小説は『敦煌』や『天平の甍』など、映画化された作品も多くあり、歴史の勉強にもなったし、私の子ども の頃からのテーマでもある「人の生き方」を考える上でも、とても参考になる作品ばかりだった。

今思えば、私が「文学」の世界に没入するようになったのは、井上靖がきっかけだったのかもしれない。その後は、夏目漱石や太宰治や芥川龍之介など、日本文学を代表する作品、そして世界の文学へと手を広げていった。本を読む習慣が身に付いてからは、野口先生の授業の内容もわかるようになってきたような気がした。それでも、相変わらずテストでいい点を取ることは難しかったのだが……。

野口先生からは「古文」の授業も受けていたのだが、これがまた難しかった。しかし、その難しさが私にはおもしろかった。私が不思議に思ったことがある。古文といえども「日本語」である。しかし、古文（文語）が簡単に読める日本人は決して多くはないだろう。外国語の英語は読める（簡単に読める人は多くはないだろうが）のに、日本語である「古文」が読めないのはどうしたことだろう？　これは忌々《ゆゆ》しきことなのではないのだろうか。『源氏物語』や『枕草子』や『徒然草』には「現代語訳」の本がある。そもそも日本語に「訳」があるというのはどういうことなのだろう。若気の至りではあるが、そんなことを考えて不思議に思ったのである。

先生の古文の授業のおかげで、私はいわゆる「古典」に興味を持つようになり、文語調の日本語の響きが好きになった。『論語』を初めて通読して感銘を受けたのもその頃である。以来、『論語』は私の座右の書のひとつになっている。

ついでの話だが、高校の授業には「倫理」というのがあった。その「倫理」の教科書には、過去の哲学者や思想家の名前と、彼らがどんな思想を持っていて、どんな生き方をしたか、そして社会にどんな影響を与えたかということが簡単に記されている。ソクラテス、プラトンに始まり、カントやヘーゲルやデカルト、マルクス、ニーチェなど、錚々たる偉大な哲学者の名前が連なっている。そんなのを見て私は「彼らの著書を実際に読んでみたい」と思った。なんでそんな大それたことを考えたかというと、今まで書いてきたように、十一、十二歳の頃から「人はなんで生きるのか」という問いを心の中に抱くようになっていたので、その問いについて考える題材を常に求めていたからであろう。もちろんたいした知識も教養もない自分がそんな難しそうな本は読めるわけもなかったのだが、大学生になってそれなりの素地ができてからは、いわゆる岩波文庫の青帯（哲学・思想関係の書物）を、わからないなりに貪り読んだのだった。

挫折の中で見えてきたもの

大学時代は、私にとって非常に貴重で有意義な四年間であった。その後の人生の土台を築いた時代。あるいは、のちの人生で花を咲かせるための「種蒔き」の時代だったと言える。それ以前にも「種」はすでにあった。小学生の頃に「人はなんで生きるのか」ということを考え、中学生の頃に「自分はなんのために生まれてきたのか」ということを考えたことが、その「種」のひとつであった。そして、物事をさらに深く、広く考えられるようになった大学時代は、子どもの頃に植えられた「種」に、水と肥料を与えるような、そんな時代だった。

ただし、「肥料」が臭くて、汚らしいものであるように、私にとっての肥料も非常に苦々しく苦痛を伴うものだった。

相田みつをの作品に「肥料」という詩がある。

あのときの
あの苦しみも

あのときの
あの悲しみも
みんな肥料に
なったんだなあ
じぶんが自分に
なるための

大人になってから、たいした花を咲かせたわけではないが、それでも自分なりの人生を歩むことができたのも、若い頃に与えられた「肥料」のおかげだったと思っている。

私の大学時代はちょっとした「挫折」から始まった。

私は高校卒業後、都内の私立大学の文学部に進んだ。専攻は英米文学。高校時代まで英語が好きで、英語の成績だけは良かったので、大学でも英語関係の学部に進学して、将来的にも英語が使える職業に就こうと考えていたからだ。

高校時代まで、「自分は英語ができる」と思っていたのだが、それが大きな間違いだったことを思い知らされたのが大学一年の春だった。高校時代までの自分は「井の中の蛙」

だったのだ。私が入った学部の学生が優秀な学生ばかりだったのである。私は「自分はできる」と思っていたが、それはそこでは「普通」、というよりむしろ「そんなのできて当たり前」というか、最低限のレベルだったのである。

いきなり英語でディスカッションが始まったり、難しい内容を英語で講義したり、難解な文学作品を原書で通読したり、分厚い文法書をとことん読まされたり……。英文科なのだから当たり前といえば当たり前のことなのだが、私は早々に授業（講義）やゼミについていけなくなって、いわゆる「ドロップ・アウト（落ちこぼれ）」してしまった。

それでも、最低限の単位を取得するために、なんとかしがみつきながらも授業に出ていたが、そんな状態だったので、私はだんだんと英語の勉強に対する興味と意欲を失っていって、英語を勉強したり英文を読むことが苦痛になり、高校時代まであれほど好きだった英語が嫌いになってしまっていた。ただ、文学に対する憧憬は消えることはなく、イギリス文学やアメリカ文学を原書と翻訳を並行して読むなどの楽しみは持っていた。

そんな中で私は「自分は本当のところ何をしたいのか？」「なんのために大学に入ったのか？」ということについて悩むようになっていった。英語を勉強したくて、その専門の学部に入ったのにこのありさまである。これでは自分がここで学ぶ意味がないのではないか？　そんなことを考えて悶々としていた。

幸い、当時その大学では、単位取得に関して横断的で柔軟なシステムがあって、他の学部や学科の授業をとっても、それがかなりの範囲で卒業単位として認められていたので、私は自分の専攻の学科以外の授業を選んだりして、自分が本当は何を学びたいのかということを模索していた。

そんな中で一番興味が持てたのは、同じ文学部の中の「キリスト教学科」の授業だった。もともとがプロテスタント系のミッションスクールなので、教授の中には牧師もいたりして、キリスト教系の授業は非常に充実していた。私が一番印象に残ったのは、聖書（旧約）の「ヨブ記」を一年かけて読むという授業だった（「ヨブ記」の項参照）。そこで思ったのは、自分はもしかしたら「宗教」に興味があるのかもしれないということだった。「宗教」といっても、「新興宗教」の類のものではなく、学問としての宗教である。そして「生き方」としての宗教である。そして、キリスト教を学問として学んでいくと、必ず「哲学」の世界に入らざるを得なくなる。なぜなら、歴史に残る偉大な哲学はみな、キリスト教の思想が土台にあるからである。

「哲学」というと、難解な言葉が連なり、読んでも訳がわからないというイメージがあるかもしれないが、哲学や宗教は、もともとが「人としての生き方」や「社会や世界のあり方」「世界の見方」、あるいは「幸福な人生の歩み方」などを説いたものである。そして私が求めていたのは、まさにそれだったのである。さらに哲学や思想というものは、文学の世界にも反映されている。文学作品には、その作者の哲学なり思想がこめられている。

「哲学」を勉強したい。そう思った私は、「哲学科」のある他の大学を受け直そうかと思ったのだが、そんな余裕も力もなかったので、すぐにあきらめた。幸い、大学の図書館がとても充実していて、哲学や宗教関係の本がたくさんあったので、授業に出るよりも、図書館に行って本を読む時間の方が多くなっていった。書店や古本屋へも足繁く通っては、アルバイトで稼いだお金の大半が本に費やされた。

とにかく、いつも本を読んでいた。それも小難しい本ばかり。アルバイト先でキルケゴール（デンマークの実存主義の哲学者）の本を読んでいたら、一緒に働いていた学生に「そんなの読んで、どーすんの？」と鼻で笑われたことがある（ちなみにその学生の手元にはマンガ週刊誌が置いてあった）。そんな本ばかり読んでいたので、かなり気難しい人間に思われていたのは確かだ。

ただ、本を読んで何かを学ぶというよりは、読書という行為を通して、自分の存在意義

（アイデンティティ）を確かめようとしていたのだと思う。もしかしたら、それは、中学生の頃に、「なんで自分は生まれてきたのだろう」「生きる意味は何だろう」と思うことで、自己肯定感が持てず、生きることに懐疑的になっていた自分が、自分の自我を確立させるための「もがき」のひとつだったのかもしれない。あるいは、劣等感やコンプレックスのかたまりだった自分が、見栄を張るための虚栄心からだったのかもしれない。だから、難しい本であればあるほど虚栄心が高まり、それだけ自己満足に浸って、その時だけは優越感を感じることができたのだ。なんとも不純な動機の読書である。

でも、それがのちのち大きな実を結ぶことになるとは、その頃の自分にはわからなかった。

読書（特に文学）は「諸刃の剣」的なところがあって、時に読む人間を苦しめることがある。文学作品の中には人間の苦悩や苦難を描いたものが多い。そして、自らも苦悩と苦難の人生を歩んだ作家も多い。それは、文学者や芸術家の中に、自らのいのちを絶った者が少なくないことからもわかる。日本の文豪でいえば、太宰治、芥川龍之介、川端康成、三島由紀夫など……。あまり知られていないが、「みんなちがって、みんないい」で有名な金子みすゞも二十六歳で自死している。さらに、文学作品を読むことで、それに影響されて自殺する人も多い。例えば、ゲーテの名作『若きウェルテルの悩み』を読んで、主人公ウェルテルを真似て自殺する者が急増するという社会現象が起きたことは有名な話である。

そういう私も非常に危険な本の読み方をしていた。中学生の頃に、自分の出自が原因で、「死んでしまいたい」と思って手首を切ったりしていた自分なので、二十歳前後になってからも、読む本の中には、死を肯定するような内容の本が多くあった。特に『二十歳の原点』(高野悦子著・全三巻)を読んだ時は、作者が同じ年代であっただけに、とても心が動かされたのを覚えている。ちなみに、この本は、学生運動が盛んだった頃、自らも学生運動に参加していた作者である高野悦子が、理想の自己像と現実の自分とのギャップに苦しみ悩みながら、生と死の間で揺れ動く心を描いた日記が書籍化されたものである。彼女は二十歳で自殺している。

中学生の頃から「生きる意味って何だろう」とか「自分は生きる価値があるのだろうか」と考え始めた。そんなことは普通は考えないし、考えなくても十分に生きていける。ほとんどの人はそうやって生きている。その方が幸せである。だけど、私は、そんな無益なことを考えるように運命づけられてしまったのだから仕方がない。

「生きる意味」を考え出すと、当然そこから「自殺」という考えに行きつくことがある。そんなわけで、私は学生時代に、「自殺」に興味を持った。自殺しようとしたわけではない。概念（観念）としての「自殺」に興味を持ったのだ。なぜ人は自殺するのか。逆に言えば、自殺を避けて生きていくにはどうしたらいいのか。自殺願望を超越することができれば、人は強く生きていく勇気を持てるようになるのではないか……。

人の生き方について問う哲学の世界でも「自殺」は大きなテーマのひとつである。「自殺」という行為について、多くの哲学者や思想家がそれぞれの説を唱えている。デュルケムという社会学者（教育学者・哲学者）などは、五百頁にもおよぶ『自殺論』という本を書いている。

そんないきさつがあって、私は学生時代から、自分の生きざまと照らし合わせて、先人たちの言葉を参考にしながら、「生きること」と「死ぬこと」についていろいろと考えるようになっていった。

人生は一度きりだからいい

井上陽水の歌に「人生が二度あれば」という歌がある。

父は今年二月で六十五
顔の皺は増えていくばかり
仕事に追われ
この頃やっと　ゆとりができた
父の湯呑み茶わんは　欠けている
それにお茶を入れて　飲んでいる
湯呑に写る
自分の顔を　じっと見ている
人生が二度あれば　この人生が二度あれば

母は今年九月で六十四

子どもだけのために　年とった
母の細い手
漬物石を持ち上げている
そんな母を見てると　人生が
誰のためにあるのか　わからない
子どもを育て
家族のために　年老いた母
人生が二度あれば　この人生が二度あれば

私がこの曲を初めて聞いたのは中学生の頃である。なんとも暗くて陰鬱な曲だと思った。「六十五歳」という年齢は、当時の私にとっては想像すらできない世界であった。六十五歳まで生きるのって、ものすごく大変でしんどいことなんだなーと子ども心に思った記憶がある。そしてその年になれば風貌もみすぼらしく醜くなっていくのだろうなと思った。さらに、年をとると「人生が二度あれば」と思うようになるのだろうか、とも思った。

そんな私がもう六十五歳を迎えることになるのかと思うと、複雑な気持ちになる。今は

「人生100年時代」などと言われているが、私が子どもの頃は「人生六十年」と言われていた。当時の六十歳は、今でいうところの後期高齢者にあたるのではないだろうか。

「人生が二度あれば……」

確かに、人生が二度あったらおもしろいかもしれない。しかし、それでもやはり「人生が二度あれば……」とは思わないし、そんなことは望まないだろう。「人生は二度なし」「人生は一回かぎり」だからいいのである。二度とない人生、二つとないいのちだからこそ、自分の人生、自分のいのちを愛おしく思い、慈しみの心で育んでいこうと思うのである。

以前、どこかでこんな言葉を聞いたことがある。

「壊れないものは値打ちが下がる」

一瞬これは逆なのではないかと思った。「壊れるものは値打ちが下がる」あるいは「壊れないものは値打ちが上がる」なのではないか、と。「壊れるものは価値が低い、壊れないものほど価値がある」というのが一般的な解釈なのではないだろうか。しかし、より深く考えてみると、「壊れるものほど価値がある」ということに気づく。「価値がある」というのをどういう意味でとらえるかにもよるが、別の言葉で表現すると「消えゆくものには美しさがある」ということができる。

例えば「花火」。夜空にパッと広がる花火は一瞬で消え去ってしまうからこそ、私たちはそこに「美」を感じるのではないだろうか。もしも花火が消えることなく夜空にそのままとどまっていたら、私たちはそれほど感動はしないと思う。花火は消えゆくからこそ美しい。

日本人は花見が好きだ。桜の花はいずれ散ってしまうからこそ美しいし、わずかな時間に咲き誇って、潔く散っていく、そんな桜の花に私たちは哀愁と美を感じる。散らない桜は価値が下がるのである。最近の造花はまるで本物そっくりで、とてもきれいだが、絶対に「生花」には及ばない。造花は枯れないし、散らないし、消えない。本物の花は枯れるし、散るし、いずれは消えゆく。そんな壊れゆくもの、消えゆくものに私たちは「美」を見出すのではないだろうか。

ガラスのコップは割れやすい。それに比べてプラスティックのコップは割れない。しかし、壊れないコップは、壊れるコップよりも値打ちは下がる。壊れやすいからこそ、私たちはそれを大事に扱う。

「人のいのち」も同じだと思う。先にあげた言葉を次のように置き換えてみる。

「死なないいのちは、値打ちが下がる」

「いのち」は終わりがあるからこそ尊い。いのちは、非常に壊れやすく、傷つきやすく、そして、必ずいつか消えゆく存在だ。だからこそ、いのちにはかけがえのないほどの価値がある。死は恐ろしいものであり、できたら避けたいもの。死を少しでも避けるために、医療は進歩し、人間の寿命はどんどん延びてきた。しかし、人はいつかは必ず死ぬ。これは絶対に避けられない永遠の真理だ。しかし、人がもし死なないとしたら、私たちの「いのち」に対する考え方や見方はどうなることだろう。人間が死ななかったら、地球上に人間があふれてしまって地球そのものが危機に陥るとかいう次元の話ではなくて、人がもし死なないとしたら、いのちの価値はぐっと下がるのではないだろうか。

私たちの「いのち」は限りがあり、いつかは消え去るものである。だからこそいのちには尊厳がある。限りがあるからこそ、私たちはいのちを慈しむ。限りがあるからこそ、その限られたいのちを、私たちは精一杯生きなければいけないのだ。

十一歳の頃に「人はなんで生きるのか」という言葉が自分にまつわりつき、十四歳の頃に「自分はなんで生まれてきたのか」という思いにとらわれ、二十歳の頃に「いのち」についで思索を深めるようになった。これらは私の人生の原点になっている。これらの「問い」がなかったら、私の人生は無味乾燥なものになっていたことだろう。別の見方をすれば、これらの「問い」がなかったら、生きることについて深く考えることもなく、のほほんと、面白おかしく人生を送っていたことだろう。ある意味その方がずっと楽だったのかもしれない。しかし、それはできなかった。今は、それでよかったと思う。ここまで書いてきたようなことを考えることができたのも、そのような「原点」があったからこそだと思うのである。もちろんそのような「問い」に「答え」が出せたわけではないし、これからも答えは出ないだろう。しかし、大切なのは、答えを出すことではなく、問い続けることなのではないだろうか。

人生にこれといった正解はない。あるのは問いだけである。その問いに対して、そのつど答えて（応えて）いく。そして、それを正解にしていく。間違っていたら修正するか、再び最初からやり直す。そんなことの繰り返しである。そうやって今まで生きてきたし、これからもそのように生きていくことだろう。

君の全生涯を心に思い浮べて気持をかき乱すな。どんな苦労が、どれほどの苦労が待っていることだろう、と心の中で推測するな。それよりも一つ一つ現在起ってくる事柄に際して自己に問うてみよ。「このことのなにが耐え難く忍び難いのか」と。まったくそれを告白するのを君は恥じるだろう。つぎに思い起すがよい。君の重荷となるのは未来でもなく、過去でもなく、つねに現在であることを。しかしこれもそれだけ切り離して考えてみれば小さなことになってしまう。またこれっぱかしのことに対抗することができない場合には、自分の心を大いに責めてやれば結局なんでもないことになってしまうものである。

（マルクス・アウレーリウス『自省録』岩波文庫）

おわりに

四十歳の頃、よく読んでいた森信三（哲学者、教育者／一八九六～一九九二）の本の中に次のような言葉がありました。

人間は何人も自伝を書くべきである。

それは二度とないこの世の「生」を恵まれた以上、自分が生涯たどった歩みのあらましを、血を伝えた子孫に書きのこす義務があるからである。

これを読んだ時は、「自伝なんて書けるほどの人生じゃないな」と自嘲ぎみに考えたのですが、それでも、本にしないまでも、還暦でも過ぎたら自分の人生を総括したものを書きたいと思いました。しかし、日々の仕事に没頭している中で、そんな思いはすっかり忘れていました。

そうしたら十年ほど前、ある人から「本を書いてください」と突如話を持ちかけられたのです。そのための資金集めまで、私の知らないところで進められていたのを聞いて、あまりの突然の申し入れに、私はただただ驚愕するばかりでした。

今こうして自伝エッセーの原稿を書き、それが一冊の本になることを思うと、不思議な縁のめぐりあわせを感じると同時に、話を持ちかけてくれた「その方」に対する感謝の気持ちでいっぱいです。

本文の中では触れませんでしたが、私は大学を卒業後、一年間の浪人生活(!?)を経て、東京の公立中学校の教師になりました。二十四歳の時です。今年で教師生活四十年になります。三回目に赴任した中学校で初めて学年主任を任されたのがきっかけで、生徒と保護者向けに「学年通信」を書き始めました。

その中学校は当時すごく荒れていて、いわゆる校内暴力が日常的に起きており、暴力事件に限らず、いじめや恐喝、授業妨害、授業エスケープ、喫煙、飲酒、窃盗など、毎日のように生徒指導に追われる日々でした。その頃は、七十年代のように、力(今でいう体罰)で生徒を管理・指導するような時代は終わっていましたから、教師たちは力で生徒を押さえつけるのではなく、手を替え品を替えいろいろな取り組みをして生徒の教育にあたっていました。一人ひとりと個別に対話することで更生の道を探ったり、学年集会を毎週のように開いて学年全体に呼びかけたり、学級指導を工夫したりと、あらゆることに手を尽くしました。

「学年通信」もそのひとつだったのです。学年主任として、生徒に伝えたいことを文章にして語っていきました。「人として何が大切か」「いかに生きるべきか」「幸せな生き方とは」「いのちの大切さ」などなど、いろいろな題材を示しながら、生徒の心に少しでも響けばという思いで、毎日のように書き綴っていきました。

生徒たちの問題行動を批判したり、責めたり、説教したりすることはいっさい書きませんでした。生徒自らが考えるきっかけになるような題材を示したり、心に染み入るような言葉を投げかけていきました。また、保護者にも訴えかける文をたくさん書き、家庭でも話題にしてもらうようにしました。

時間の無駄と思う時もありました。伏せたコップに水を注いでもコップに水は入りません。むしろ周囲が汚れるだけです。生徒の心が閉ざされている以上何を伝えても無駄です。生徒の反応を見ても「糠に釘」「暖簾に腕押し」といった感じで、流れる水に文字を書くような作業でした。しかし、何もしないでいるよりかはましだと思ってとにかく書き続けました。

いろいろと手を尽くしたことが実際に功を奏したのかはわかりませんが、少なくとも生徒たちの行動は、三年間で徐々に穏やかになっていきました。卒業式の時の卒業生代表の

「門出の言葉」では、問題を起こした生徒も代表で言葉を述べたのですが、そんな生徒が壇上で涙を流しながら言葉を述べた時は私も思わず感動しました。もちろん更生できなかった生徒も何人かいました。卒業式当日に暴れた生徒。茶髪で刺繍入りの制服を着てきた生徒。また、施設に入ってしまった生徒もいました。しかし、学年全体として、彼らは大きく変容し成長していたのは事実です。

その数年間で「学年通信」（相田みつをさんの作品の中の言葉を借りて『いのちのバトン』というタイトルで出していた）を書くことが私の教師生活のルーティーンとなり、それ以降今でも毎日のように出し続けています。

十年前に私に「本を書いてください」と話を持ちかけてくれたのは、私の通信を読んでくれていた保護者のひとりでした。通信に書いてきたようなこと、そして私自身が考えていることなどを、是非一冊の本にしてほしいという願いでした。その方はそのためにいろいろなところに働きかけて、出版資金を調達してくれていたのでした。その熱意と行動力にはただただ敬服するばかりです。そして感謝しています。

なお、本文の中では私の仕事、つまり学校教育について、あるいは教師という仕事を通して考えたことについてはいっさい書いてありません。四十年間教師という職に就いていたとはいえ、私には「教育」について語る資質はありません。そして、ふさわしくもありません。それは本文を読んでいただければわかることです。ただ、一方で、自分が今までの教師生活の中で学んできたこと、考えてきたことなどについては、ある時期がきたら自分なりに総括しなければならないとも思っています。

「いつかは自伝を書いておきたい」という思いと、一保護者からの「本を書いてください」という願いがひとつになって、一冊の本ができあがりました。この本の原稿は、朝日新聞と文芸社が主催する「Reライフ文学賞」（令和四年度）に応募した作品を大幅に加筆修正したものです。もちろん入選は果たせなかったものの、文芸社が私の拙文に目を留めてくれて出版を勧められ、先に述べた二つの願いが重なって、この一冊の本ができた次第です。執筆にあたっては、文芸社スタッフから手厚い援助と助言をいただきました。執筆にあたり支えてくださった方々に感謝いたします。

参考文献

『灯台守の話』ジャネット・ウィンターソン著／岸本佐知子訳〈白水社〉
『人はなんで生きるか　他四編』トルストイ著／中村白葉訳〈岩波文庫〉
『アンナ・カレーニナ』トルストイ著／中村融訳〈岩波文庫〉
『長い道』宮﨑かづゑ著〈みすず書房〉
『なぜ「この子らは世の光なり」か』伊藤隆二著〈樹心社〉
『スティーブ・ジョブズ　伝説のスピーチ&プレゼン』〈朝日出版社〉
『ヨブ記』関根正雄訳〈岩波文庫〉
『日本人のこころの言葉　一休』西村惠信著〈創元社〉
『人間滅亡的人生案内』深沢七郎著〈河出文庫〉
『生きがいについて』神谷美恵子著〈みすず書房〉
『旧約聖書』〈日本聖書協会〉
『夜間飛行』サン゠テグジュペリ著／堀口大學訳〈新潮文庫〉
『一〇三歳になってわかったこと』篠田桃紅著〈幻冬舎文庫〉

『道をひらく考え方』松下幸之助述〈ＰＨＰ研究所〉
『幸福論』アラン著／神谷幹夫訳〈岩波文庫〉
『二十歳の原点』高野悦子著〈新潮社〉
『二十歳の原点ノート』高野悦子著〈新潮社〉
『二十歳の原点序章』高野悦子著〈新潮社〉
『森信三　一日一語』寺田一清編〈致知出版社〉
『自省録』マルクス・アウレーリウス／神谷美恵子訳〈岩波文庫〉
『いちずに一本道　いちずに一ツ事』相田みつを〈角川文庫〉

著者プロフィール

比佐田 和与志（ひさだ かずよし）
1959年　東京都生まれ
立教大学文学部英米文学科卒業
1983年より東京都の公立中学校勤務
2020年定年退職後、再任用で継続勤務、現在に至る

生きてみなければわからない

2023年12月15日　初版第１刷発行

著　者　比佐田 和与志
発行者　瓜谷 綱延
発行所　株式会社文芸社
〒160-0022　東京都新宿区新宿１－10－１
電話　03-5369-3060（代表）
03-5369-2299（販売）

印刷所　図書印刷株式会社

© HISADA Kazuyoshi 2023 Printed in Japan
乱丁本・落丁本はお手数ですが小社販売部宛にお送りください。

送料小社負担にてお取り替えいたします。

本書の一部、あるいは全部を無断で複写・複製・転載・放映、データ配信することは、法律で認められた場合を除き、著作権の侵害となります。

ISBN978-4-286-24722-9　JASRAC 出 2307656-301